UNA R D

Barbara Cartland

Título original: A Revolution of Love

Barbara Cartland Ebooks Ltd
Esta edición © 2013

Derechos Reservados Cartland Promotions

Este libro se vende bajo la condición de no ser distribuido, prestado, revendido, alquilado o de alguna otra forma puesto en circulación, sin el consentimiento previo del editor.

Ninguna parte de esta publicación puede ser reproducido o trasmitido de ninguna forma o medio, electrónico o mecánico, incluyendo fotocopiado, grabación o cualquier tipo de almacenamiento informativo, sin el consentimiento previo y por escrito del editor.

Los personajes y situaciones de este libro son imaginarios y no tienen ninguna relación con personas reales o situaciones que suceden actualmente.

Diseño de libro por M-Y Books

m-ybooks.co.uk

La Colección Eterna de Barbara Cartland.

La Colección Eterna de Barbara Cartland es la única oportunidad de coleccionar todas las quinientas hermosas novelas románticas escritas por la más connotada y siempre recordada escritora romántica.

Denominada la Colección Eterna debido a las inspirantes historias de amor, tal y como el amor nos inspira en todos los tiempos. Los libros serán publicados en internet ofreciendo cuatro títulos mensuales hasta que todas las quinientas novelas estén disponibles.

La Colección Eterna, mostrando un romance puro y clásico tal y como es el amor en todo el mundo y en todas las épocas.

LA FINADA DAMA BARBARA CARTLAND

Barbara Cartland, quien nos dejó en Mayo del 2000 a la grandiosa edad de noventaiocho años, permanece como una de las novelistas románticas más famosa. Con ventas mundiales de más de un billón de libros, sus sobresalientes 723 títulos han sido publicados en treintaiseis idiomas, disponibles así para todos los lectores que disfrutan del romance en el mundo.

Escribió su primer libro "El Rompecabeza" a la edad de 21 años, convirtiéndose desde su inicio en un éxito de librería. Basada en este éxito inicial, empezó a escribir continuamente a lo largo de toda su vida, logrando éxitos de librería durante 76 sorprendentes años. Además de la legión de seguidores de sus libros en el Reino Unido y en Europa, sus libros han sido inmensamente populares en los Estados Unidos de Norte América. En 1976, Barbara Cartland alcanzó el logro nunca antes alcanzado de mantener dos de sus títulos como números 1 y 2 en la prestigiosa lista de Exitos de Librería de B. Dalton

A pesar de ser frecuentemente conocida como la "Reina del Romance", Barbara Cartland también escribió varias biografías históricas, seis autobiografías y numerosas obras de teatro así como libros sobre la vida, el amor, la salud y la gastronomía. Llegó a ser conocida como una de las más populares personalidades de las comunicaciones y vestida con el color rosa como su sello de identificación, Barbara habló en radio y en televisión sobre temas sociales y políticos al igual que en muchas presentaciones personales.

En 1991, se le concedió el honor de Dama de la Orden del Imperio Británico por su contribución a la literatura y por su trabajo en causas a favor de la humanidad y de los más necesitados.

Conocida por su belleza, estilo y vitalidad, Barbara Cartland se convirtió en una leyenda durante su vida. Mejor recordada por sus maravillosas novelas románticas y amada por millones de lectores a través el mundo, sus libros permanecen atesorando a sus héroes valientes, a sus valerosas heroínas y a los valores tradiciones. Pero por sobre todo, es la , primordial creencia de Barbara Cartland en el valor positivo del amor para ayudar, curar y mejorar la calidad de vida de todos que la convierte en un ser verdaderamente único.

Capítulo 1
1887

DROGO Forde intuyó con alivio que ya faltaba muy poco para llegar a Ampula, la capital de Kozan. Estaba exhausto, al igual que su caballo, lo cual no era sorprendente si se tomaba en consideración que habían cabalgado durante mucho tiempo y que cada trecho del camino había resultado muy peligroso.

Nunca en su vida de aventuras llevó a efecto una misión tan excitante como aquella. Durante su duración, jamás pudo prevenir si estaría vivo la siguiente hora o el siguiente minuto.

Sin embargo, había tenido éxito y sabía que la información que guardaba celosamente en su memoria sería bien recibida por el Secretario de Estado para la India.

Drogo deseaba llegar lo más pronto posible a alguna dependencia británica desde donde poder trasmitir un mensaje en clave.

Dudaba si confiar en la Embajada de Kozan.

Pensó que sería prudente hacer algunas preguntas discretas antes de revelar su información, la cual podía poner en peligro la seguridad de la India y la vida de cientos de soldados ingleses.

Kozan tenía fronteras con Rusia, cuyos agentes se encontraban en todas partes.

Mientras vislumbraba su destino a lo lejos, recordó que un primo suyo apellidado también Forde había sido asignado a la Embajada Británica en Ampula.

Hacía dos años que no le veía, pero en aquella ocasión Gerald Forde le dijo:

—Si tus viajes te llevan alguna vez a Kozan, estaré encantado de que te alojes conmigo, a menos que optes por sentirte muy importante y aceptes una invitación del Embajador.

—Eso último es algo que no pienso hacer— respondió Drogo—. No te sorprendas si algún día llego sin previo aviso.

—No lo haré— le prometió Gerald—, y cuídate mucho.

Parecía hablar muy en serio, pues era consciente del tipo de misiones que él llevaba a cabo y lo peligrosas que éstas podían resultar.

Pero nadie, excepto quienes estaban en lo más alto de la diplomacia, tenía una idea exacta de lo que Drogo Forde hacía.

Era un maestro en el arte del disfraz, hablaba varias lenguas orientales, cosa rara en un inglés, y poco después de llegar a la India, se encontró involucrado en los más tenebrosos asuntos.

Como consecuencia de su carácter, no era de sorprender el que encontrara muy aburrida la vida rutinaria de los Regimientos.

Después de alcanzar gran éxito en un par de misiones muy especiales, sus superiores aceptaron su petición de no someterse a ninguna disciplina en especial, sino poder trasladarse de un lugar a otro de la India.

Pero nunca había estado tan cerca de morir como cuando pasó por Afganistán disfrazado de ruso, y después por Rusia vestido como un afgano.

Como hablaba los dos idiomas a la perfección, logró sobrevivir para poder trasmitir lo ocurrido, y eso era lo que se proponía hacer ahora.

La misión era altamente secreta y se hizo necesario que trabajara sin colaboradores.

Ahora deseaba que en Ampula, su primo tuviera un sirviente que pudiera cuidar su caballo.

Asimismo, necesitaba alimentarse y descansar con urgencia, pues durante el último mes había sufrido toda clase de privaciones.

«Sólo una hora más», se dijo, mientras su caballo avanzaba cojeando.

Tenía mucha sed y recordó entonces un fresco riachuelo que corría a través del jardín de su casa de Inglaterra.

Cuando niño, solía nadar en él y pescar pequeñas truchas que luego llevaba a su madre. Aún le dolía recordar cuánto había sufrido ella antes de morir. Pensó también, en que cuando regresara a Inglaterra, iba a tener que enfrentarse a las deudas que contrajo antes de partir. Había pedido prestado al Banco y a sus amigos lo más que pudo, para asegurarse de que los últimos meses de la enfermedad de su madre fueran para ella lo más cómodos posible. Pero nada se pudo hacer para salvar su vida.

Cuando recordaba a su madre, inevitablemente sus pensamientos se volvían hacia el odio que sentía por su tío.

El padre de Drogo, que había sido el hijo menor del Marqués de Beronforde, como era costumbre en Inglaterra, fue marginado, asignándole una pensión miserable.

Lionel, el hermano mayor, quien, por ser el heredero, ostentaba el título honorario de Conde, se convirtió en el depositario de la fortuna familiar.

Drogo era consciente de que sus padres renunciaron a todos los lujos para poder darle a él una educación adecuada.

Cuando tuvo la edad reglamentaria, ingresó en el Regimiento en el que había servido su padre.

—Me temo que la pensión que yo puedo darte no se equipara a la de la mayoría de los subalternos— le había comentado su padre—. Pero quizás encuentres alguna forma de aumentar tus ingresos.

—Por lo menos, lo voy a intentar— le había respondido Drogo con una sonrisa.

El dinero no le preocupaba mucho.

Pero cuando el Regimiento fue enviado a la India, a Drogo se le hizo muy frustrante no poder disponer de un caballo de Polo como lo hacían los demás oficiales. Ni tampoco podía costearse los pequeños lujos que se consideraban como esenciales en un país cálido.

No tardó mucho en sentir una gran preocupación, no por la forma de ganar más dinero, sino por la manera de servir mejor a su país.

Los rusos se estaban infiltrando en la India, sublevando a las tribus del noreste y otras fronteras. Su objetivo, según el Virrey y los altos mandos del ejército inglés, era el de expulsar a los ingleses del país para facilitarles su propia invasión.

Drogo era sólo uno de los muchos hombres que formaron parte de lo que constituyó el mejor y, a la vez, más importante Servicio Secreto del mundo.

Se hallaba tan absorto con su trabajo, que no tenía idea de que en las altas esferas su nombre era mencionado con respetuosa admiración.

Lo que nunca podría olvidar, se decía a sí mismo, era la actitud de su tío durante los últimos meses de la enfermedad de su madre.

El joven había acudido a Baron Park, que era la enorme mansión en la que vivía su tío, que ya había heredado el Marquesado.

Mientras se acercaba, pensaba que era la primera vez que le iba a pedir ayuda al Marqués y que seguramente no se la negaría.

Encontró a éste sentado en la grandiosa biblioteca que, como Drogo muy bien sabía, contenía ejemplares envidiados por todos los Museos del país.

También él las hubiera deseado para sí, mas como era costumbre, todo lo heredaba el hijo mayor, así que Drogo tuvo que vivir modestamente, tal y como lo había tenido que hacer su padre.

No obstante, y por el momento, lo que más le importaba era que su madre recibiera la mejor atención médica posible y disfrutara de las pequeñas comodidades que son esenciales para cualquier inválido.

Las enfermeras resultaban muy costosas y él había tenido que pagar una suma astronómica para procurar los servicios de dos mujeres de Londres bien capacitadas.

Cuando el mayordomo le anunció, su tío se acercó a él con la mano extendida.

—¿Cómo estás, Drogo?— saludó—. Creía que estabas en la India.

—Regresé a casa con un permiso especial, tío Lionel, pues como sabrás, mi madre está muy enferma.

—Lo siento mucho— dijo el Marqués—. Por favor, llévale mis saludos y mis deseos de que se recupere lo más pronto posible.

Tomaron asiento en dos cómodos sillones de piel delante de la chimenea de mármol.

—He venido a pedirte— comenzó a decir Drogo— que me ayudes con los fuertes gastos que he tenido que solventar desde que mi madre enfermó.

Le pareció que su tío se había puesto tenso y continuó de inmediato:

—Ella ha sido visitada por médicos de Londres en tres ocasiones diferentes.

Hizo una pausa antes de proseguir diciendo:

—Las enfermeras que han venido para cuidarla son especializadas y muy competentes.

El Marqués cambió de posición en su asiento, pero no habló y Drogo continuó explicando:

—Los médicos la han recetado medicinas muy caras y, como he pedido prestado al Banco y a mis amigos, ya me resulta muy difícil obtener más dinero.

Como odiaba pedir favores, miró hacia una valiosa pintura ejecutada por Reynolds que colgaba de la pared y expresó de manera suplicante:

—Te ruego que me ayudes, tío Lionel. Prometo pagarte hasta el último centavo, en cuanto me sea posible.

Mientras hablaba, su instinto, que pocas veces le había fallado, le reveló que su tío se iba a negar.

El Marqués le dijo de la manera más convincente posible que si ayudaba a un miembro de la familia, entonces se vería obligado a hacerlo también con los demás. Mantener la casa familiar y la finca costaba mucho, y su hijo William necesitaba grandes sumas de dinero para mantener su posición en Londres.

Mas como se trataba de algo tan importante y lo que solicitaba era para su madre, y no para él, Drogo le suplicó a su tío de una manera que incluso a él le pareció humillante.

Sin embargo, todo cuanto dijo fue en vano.

—Sólo un poco, tío Lionel, por favor— insistió—. Algunos cientos de libras serán mejor que nada. No puedo permitir que mi madre se muera de hambre y por falta de la atención adecuada.

El Marqués se había puesto de pie.

—Lo siento mucho, muchacho— se excusó—. Te aseguro que lo siento mucho, pero como responsable de la familia hay ciertas reglas que debo observar. Hizo una pausa antes de añadir:

—Una regla que nunca pienso romper es la de no prestar dinero que no puede ser recuperado.

—Pero..., yo te prometo…— comenzó a decir Drogo.

El Marqués levantó la mano.

—No tiene objeto seguir discutiendo— espetó con firmeza.

Por un momento, Drogo sintió deseos de golpearle. Comprendió que sería indigno y que tampoco lograría nada con ello.

—Si esa es tú última palabra, tío Lionel, entonces ya no tengo más nada que agregar.

—Me temo que no— convino el Marqués—. Pero espero que te quedes a comer.

Drogo pensó que si comía allí, los alimentos de aquella casa le iban a envenenar.

Se despidió con una cortesía ciertamente cínica.

Cuando se alejaba en el carruaje que había alquilado para acudir a Baron Park, comenzó a maldecir a su tío.

Lo hizo con el fervor y la fluidez que aprendió durante una de sus expediciones, cuando se había hecho pasar por un faquir loco.

* * *

La madre de Drogo Forde murió un mes más tarde, entonces, Drogo puso a la venta todo cuanto de valor había en la casa y con ello liquidó parte de lo que debía.

También puso en venta la casa, pero sabía que era muy improbable que encontrara comprador.

Regresar a la India supuso un gran alivio, pues le permitió escapar de todo aquello.

Durante aquellos meses, el dolor de haber perdido a su madre no había sido tan intenso como imaginó en un principio que lo sería.

Tal vez se debía a que estuvo demasiado ocupado tratando de conservar la propia vida como para preocuparse de cualquier otra cosa.

Mas ahora su misión había terminado.

Consiguió realizar lo que a todos les había parecido imposible y…, ¡estaba vivo!

Por fin vio frente a él las puertas de Ampula y comprendió que por lo tanto, se encontraba a salvo.

Durante los últimos días presintió que los agentes rusos que le seguían, se hallaban muy cerca de él.

Pero, ahora, por el momento, el peligro había pasado, y le pareció que ningún lugar del mundo podía mostrarse tan atractivo como Kozan.

Era éste un pequeño país independiente fronterizo con Rumanía.

Al norte, Kozan limitaba con Bessarabra, y Drogo sabía que sus habitantes eran el resultado de un mestizaje entre ruso y rumano con un poco de sangre turca.

Ampula se localizaba en la costa del Mar Negro.

Intentó recordar sus otros conocimientos acerca de aquel país.

Sin embargo, por el momento, se sentía tan cansado, que le era difícil pensar en otra cosa que no fuera en dormir.

Al entrar en la ciudad se encontró que, tal y como lo esperaba, se hallaba atestada de gente de diferentes orígenes.

El ambiente era muy pintoresco por la variedad de las indumentarias de sus habitantes muy bien parecidos casi todos ellos.

Por dondequiera aparecían niños y perros, vacas y caballos, y, recortados contra el azul del cielo, destacaban los minaretes de las mezquitas musulmanas.

También destacaban las cúpulas de las Iglesias del rito ortodoxo griego.

Condujo su caballo a través de las callejuelas y, al llegar a la parte más señorial de la ciudad, preguntó por el camino hacia la Embajada Británica. Sabía que su primo no podía vivir muy lejos de allí.

Esta se encontraba en una calle tranquila por la que circulaban lujosos carruajes que obviamente pertenecían a los adinerados del lugar.

La casa de su primo se encontraba al final de la misma. Era pequeña, pero tenía una puerta impresionante.

Drogo desmontó y supuso que su primo no le iba a reconocer como consecuencia de la ropa que llevaba puesta.

Levantó el picaporte y llamó repetidamente. No obtuvo respuesta y pensó que quizá la casa estuviese vacía.

Si así era, tendría que regresar a la Embajada, pues se encontraba casi sin un centavo.

Mas no deseaba ser interrogado por el Embajador, ya que, por el momento, no sabía hasta qué punto podía pasar a éste alguna información.

Cuando se disponía a llamar una vez más, la puerta se abrió.

Un hombre mayor, con cabellos blancos y un gran mostacho, preguntó:

—¿Qué desea?

El hombre se expresó en inglés, por lo que Drogo imaginó que debía tratarse del sirviente personal de su primo.

—¿Se encuentra su amo en casa?— respondió él—. Soy su primo Drogo Forde.

El hombre le estudió con la mirada e inmediatamente dijo:

—Yo soy Maniu. El amo no está, pero me comentó que usted vendría, mas hace mucho tiempo de esto.

—Siento llegar tarde— dijo Drogo con una sonrisa—, sin embargo, ya estoy aquí y quizás usted pueda decirme dónde puedo llevar mi caballo.

El hombre abrió más la puerta.

—Entre usted, por favor. Yo me encargo de su cabalgadura.

Drogo tomó las escasas pertenencias que llevaba amarradas a la silla de montar y, cuando el hombre sujetó las riendas, le dijo:

—El animal está hambriento y lastimado, por favor, vea que esté tan cómodo como sea posible.

—Lo haré— prometió Maniu—. Usted entre y cierre la puerta, por favor.

Al entrar comprobó que, en efecto, la casa era bastante pequeña, ya que se hallaba encajonada entre dos más grandes.

En el piso bajo había solamente una habitación, que obviamente era el comedor, de donde partía una escalera que llevaba a la planta superior, la cual se trataba de una sala de estar. Más arriba había un dormitorio grande que, sin duda, era el que utilizaba

Gerald y otro más pequeño, quizá destinado a las visitas.

Drogo colocó su bulto sobre el suelo, se quitó la ropa y se lavó. Aquello era algo que no había podido hacer durante los últimos dos días y, aunque el agua estaba fría, le sentó estupendamente.

Cuando terminó de secarse, entró en el dormitorio de su primo y, en un ropero, encontró una bata y se la puso.

Acababa de cubrirse, cuando el sirviente apareció junto a él.

—El caballo ya está bien— anunció con una sonrisa—. Abajo, la comida está lista.

—Gracias, Maniu— respondió Drogo—. Le estoy muy agradecido.

La comida era sencilla, pero él tenía tanto apetito que le supo como si fuera la ambrosia de los dioses.

También la sed hizo que se bebiera dos vasos de limonada antes de sentir que la sequedad de sus labios comenzaba a desaparecer.

Cuando terminó, Maniu retiró los platos vacíos y dijo:

—Ya me voy. ¿A qué hora le sirvo el desayuno mañana?

—No demasiado temprano— respondió Drogo—, tengo necesidad de dormir mucho, así que no me despierte.

Advirtió que el sirviente le había entendido y recordó que los nativos de Kozan eran muy locuaces, por lo que pensó que su primo habría decidido enseñarle a hablar lo menos posible.

Con su aptitud para los idiomas, Drogo pudo entender mucho de lo que había escuchado en las calles. Se dio cuenta de que el idioma de Kozan era una mezcla de ruso, rumano y algo de griego, por lo que sabía que, con unos pocos días de práctica, podría dominar bastante bien aquella lengua.

Pero no tenía deseos de experimentar con el sirviente, por el momento lo único que anhelaba era dormir.

—¡Muchas, muchas gracias!— exclamó cuando se levantó de la mesa.

El sirviente le respondió con una reverencia.

Drogo subió por la escalera, se quitó la bata y se metió en la cama. Ya era de noche, mas el sirviente había dejado una vela encendida.

La comodidad de la cama proporcionaba un goce similar al que produce llegar al cielo, después de cómo había tenido que dormir durante los últimos meses.

Lo había hecho en tiendas de campaña, en cuevas y en el suelo. También durmió en casas malolientes, donde la ropa de cama no era sino harapos.

Pero, ahora, ya todo había terminado.

Ocultó bajo la almohada el informe escrito que había preparado y por el que arriesgó su vida.

Acto seguido cerró los ojos y ya no supo nada más.

* * *

Drogo Forde se despertó y con sorpresa descubrió que aún estaba oscuro.

De pronto tuvo la sospecha de que había perdido un día completo.

Cuando hizo a un lado las cortinas, vio que el sol se ponía en el horizonte.

Estiró los brazos por encima de la cabeza, sin darse cuenta de que, al hacerlo, parecía un dios griego.

Entonces se dio cuenta de que tenía un hambre voraz, se puso la bata que había dejado sobre una silla, y bajó por la escalera con gran cuidado.

No había señales del sirviente.

Cuando entró en el comedor observó el lugar puesto frente a la silla que ocupara la noche anterior.

Junto a un plato con pollo frío había una nota que decía:

«Duerma bien. Yo vendré mañana».

Drogo rió, dejó a un lado la nota y se sentó para comer lo que el sirviente le había dejado.

Al terminar, pensó que le agradaría una copa de vino, no obstante, comprendió que, si su primo era un hombre sensato, al partir habría encerrado sus vinos bajo llave, pero un vaso de vino local tampoco le sentaría mal. Decidió salir a la ciudad.

El problema era que no tenía dinero. En el peor de los casos, podría acudir a la Embajada, pero aún sentía recelos de hacerlo.

Se puso alguna ropa de su primo y se amarró un pañuelo de seda alrededor del cuello, en lugar de la corbata.

No le costó mucho trabajo descubrir que su pariente tenía una caja fuerte escondida detrás de un cuadro en su habitación.

Abrir cajas fuertes era algo en lo que Drogo tenía mucha experiencia.

Le llevó algunos minutos conseguirlo, mas cuando lo hizo, vio que contenía lo que él buscaba.

Halló varios paquetes pequeños con dinero de Kozan, tomó el equivalente a dos o tres libras y escribió un recibo que introdujo en la caja antes de cerrarla.

Sobre la mesa del vestíbulo encontró una llave que abría la puerta principal y se la metió en el bolsillo.

Poco después salió a la calle y caminó en dirección a donde suponía que se hallaba la plaza principal, en torno a la cual se desarrollaba la vida de la ciudad.

Sin embargo, antes de dar con ella, atravesó lo que obviamente se trataba de la zona más elegante de la ciudad.

La mayoría de las casas tenían jardines rodeados por un alto muro escalado por enredaderas.

Todo se veía tan distinto a lo últimamente pasado, que reanimó el espíritu de Drogo.

Pensó entonces que no sólo deseaba una copa de vino, sino también alguien con quien beberla.

A ser posible, una mujer suave y atractiva.

Se dijo que era pedir demasiado y, al mirar al cielo, vio aparecer la primera estrella.

Recordó que su madre, o quizá su niñera, en alguna ocasión le había dicho; «¡Pídele tu deseo a una estrella!»

Y con la mente, o tal vez con el corazón, deseó una copa de champán y una dama con quien compartirla. De pronto, mientras se reía de su propia fantasía, escuchó una voz que gritaba en kozanio y después en inglés:

—¡Socorro! ¡Ayúdenme..., por favor!

Drogo levantó la vista y, para sorpresa suya, sobre su cabeza vio la figura de una mujer que se balanceaba al final de una cuerda. Ésta era demasiado corta como para que ella pudiera llegar hasta la calle sin dejarse caer unos dos metros.

Por un momento sé quedó mirando a la mujer, cuyas faldas se mecían por encima de su cabeza.

—¡Sálvame.., sálvame!— gritó desesperada una vez más en kozanio.

Drogo se acercó para ayudarla.

La tomó por los tobillos y hablando en inglés, procuró tranquilizarla.

—Ya la tengo. Deslícese hasta el final de la soga y déjese caer sobre mi hombro. No tengo miedo. No se va a lastimar.

Como él era alto y muy fuerte, no le fue difícil guiarla con una mano mientras que la sostenía firmemente con la otra.

Por fin, ella quedó sentada sobre su hombro y de allí la bajó hasta el suelo.

Cuando lo hubo hecho, pudo ver que se trataba de una mujer muy joven y a la vez, extraordinariamente bonita.

De no ser porque sus cabellos estaban arreglados con mucho cuidado en la parte posterior de su cabeza, hubiera pensado que sólo se trataba de una niña.

Percibió el aroma de un perfume sutil y finísimo.

Ahora, ella le miró hacia arriba, pues su cabeza apenas le llegaba a los hombros, y exclamó:

—¡Gracias! Cómo iba yo a adivinar que de este lado del muro la soga no iba a llegar hasta el suelo.

—Supongo que ésta no es la manera como suele abandonar el edificio— repuso Drogo con una sonrisa.

¡Los ojos de la joven parecieron brillar como las estrellas en el cielo, cuando respondió:

—¡Tuve mucha suerte al haberme encontrado con usted!

—Gracias— dijo Drogo—. Ahora que se ha escapado, ¿qué es lo que piensa hacer?

—Voy a ver algo de la vida de la ciudad— respondió ella.

Mientras hablaba, Drogo se dio cuenta de que, aunque tenía un ligero acento, su inglés era muy fluido y que se trataba de una dama. Entonces sugirió:

—Creo que eso sería un error, a menos que tenga a alguien que la acompañe.

—Si usted no hubiera estado aquí, otra persona me habría ayudado.

—No puede estar segura de eso— señaló él—, y la mayoría de los hombres de la calle la encontrarían demasiado atractiva.

La joven le miró sorprendida y Drogo comprendió que aquello era algo en lo que ella no había pensado.

—Pero hoy es la fiesta de San Vito— dijo ella—, y yo quiero ver la procesión y los bailes.

Drogo se quedó pensativo. Después de un momento, preguntó:

—¿Está segura de que no tiene a alguien esperándola a la vuelta de la esquina?

No. Estoy sola.

—Entonces, ¿quiere hacerme el honor de ser mi invitada?

La chica rió con una risa muy agradable.

—Acepto con gusto. Después de tanto trabajo, sería un desastre tener que regresar por la puerta principal.

—Eso lo entiendo— comentó Drogo—. Supongo que es lo que la debería aconsejar que hiciera.

La muchacha levantó las manos, horrorizada.

—¡Si menciona usted las palabras deber o sensatez, saldré corriendo!

—Si es así, la sugiero que caminemos— dijo Drogo—. En realidad, yo acababa de pedirle a una estrella una copa de vino y alguien con quien beberla.

—Pues su deseo se acaba de cumplir, y quizás esa estrella debería presentarnos.

—Por supuesto. Mi nombre es Drogo.

—Y el mío es Hekla.

Ella extendió la mano y, por cómo lo hizo, Drogo se dió cuenta de que esperaba que se la besara.

Lo hizo de la forma como lo hacen los franceses, llevando la mano hasta los labios, pero sin tocar la piel con éstos.

Cuando la muchacha retiró su mano, dio un brinquito y exclamó:

—¡Usted no tiene idea de lo emocionante que es esto!

—Sí la tengo— respondió Drogo—, porque yo también estoy emocionado. He conocido a muchas mujeres hermosas en diferentes partes del mundo, pero nunca a una bajada del cielo en una soga.

Hekla rió divertida.

—Entonces es una experiencia desconocida para usted y eso es lo que yo espero que me proporcione.

—Por un momento, Drogo la miró directamente, pues pensó que esas palabras podrían tener distintas interpretaciones.

En ese instante, advirtió que ella no le estaba mirando a él, sino hacia el final de la calle, donde se veían muchas luces.

Drogo estaba seguro de que muy pronto también iba a escuchar mucho ruido.

«Ella es sólo una niña», se dijo. «Cuando termine la velada, la traeré de regreso a su casa».

Mientras caminaban, observó que estaba vestida de una manera muy sencilla, con un traje blanco y un corpiño con mangas que terminaban en los codos.

Alrededor de la cintura llevaba una cinta azul, anudada a la espalda.

No lucía joyas ni anillos en los dedos.

Cuando se acercaron a las luces, Drogo vio que su naricita era recta e indudablemente aristocrática.

Sus ojos eran muy grandes y dominaban su pequeña cara.

«Es encantadora y muy joven», pensó él. «Supongo que se ha escapado de una escuela y que se va a meter en serios problemas si no regresa pronto».

Llegaron hasta la plaza del mercado, la cual tenía una fuente en el centro. En ésta aparecían varias sirenas de piedra rodeando a Neptuno.

Alrededor se encontraban varias vendedoras de flores, cuyos canastos irradiaban color.

Algunos niños jugaban dentro de la fuente.

Un hombre tocaba la guitarra y circulaban un gran número de pequeños carruajes para dos personas.

Drogo miró calle abajo y vio un establecimiento con mesas en el exterior y muchos clientes con tazas de aromático café frente a ellos.

Tomándola del brazo, llevó a Hekla hacia aquel lugar.

Cuando estuvieron sentados y él pretendía llamar la atención de algún Camarero para que les atendiera, la joven dijo con voz muy suave:

—Así es como yo me lo había imaginado. ¡Gracias, muchas gracias por traerme aquí!

Capítulo 2

EL camarero acudió solícito, Drogo pidió café y después dudó.

—¿Qué vinos tiene?— preguntó lentamente, buscando las palabras adecuadas en kozanio.

El camarero entendió, pero su respuesta fue incomprensible para Drogo.

—Pida el vino del Valle de Egla— sugirió Hekla—. Es el que siempre toma mi padre.

Habló en inglés y como Drogo no pudo traducirlo a kozanio, ella lo hizo.

Cuando el camarero se alejó, Drogo dijo:

—Permítame felicitarla por su fluidez en los idiomas. Su inglés es perfecto:

Hekla sonrió y respondió:

—Mi madre era inglesa.

—Entonces, eso lo explica— dijo Drogo—. ¿Habla también el ruso? Una sombra cubrió el rostro de la chica.

Sus ojos, que ahora bajo la luz él pudo ver que eran grises, parecieron adquirir una expresión dura antes de que la muchacha contestase:

—Un poco, pero odio ese idioma y a esa gente.

Drogo se sorprendió, pues, estando tan cerca los dos países, pensó que los habitantes de ambos tendrían buenas relaciones.

Más como no quería involucrarse en la política local, se limitó a preguntar:

—¿Ha visitado alguna vez Inglaterra?

Hekla negó con la cabeza.

—No, pero es algo que me gustaría hacer. Mamá me habló mucho de su país antes de... morir.

Un leve sollozo le hizo comprender a Drogo lo mucho que la extrañaba y murmuró:

—Mi madre también murió justo antes de que yo saliera de Inglaterra, así que comprendo muy bien lo que está sintiendo.

—Todo cambió cuando ella se fue— confesó Hekla—. Pero no quiero hablar acerca de eso, al menos por esta noche.

—Entonces hablaremos acerca de otra cosa— sugirió Drogo—. ¿Mencionó usted que había bailes?

—Sé que durante las fiestas de San Vito hay una procesión y después bailes, pero nunca me han permitido verlos.

—En ese caso, debemos averiguar dónde tienen lugar— dijo Drago—. Se lo preguntaremos al camarero cuando regrese.

—Yo se lo preguntaré para que sepamos a qué parte de la ciudad tenemos que ir— ofreció Hekla.

Drogo probó su café y pensó que aquélla era una de las jovencitas más bellas que había visto en mucho tiempo.

Comprendió que estaba muy mal que se hubiera escapado de su hogar o de la escuela de aquella manera tan atrevida. Estaba seguro de que si él no hubiera llegado, Hekla ya se habría metido en problemas.

Se había dado cuenta de que muchos de los hombres de las demás mesas la estaban mirando y la expresión de sus ojos no necesitaba ponerse en palabras. Se preguntó si sería tan inocente como aparentaba ser. Si aquello era fingido, ciertamente se trataba de una gran actuación.

No obstante, pensó que ninguna actriz podría fingir la emoción con la cual ella miraba a su alrededor o la excitación que se reflejaba en sus ojos grises, los cuales formaban una combinación extraña con lo oscuro de sus cabellos que, a la vez, no eran del negro profundo que es tan común en los habitantes de los Balcanes. Los de Hekla tenían brillos como de plata y, probablemente como herencia de su madre, su piel era muy blanca.

El camarero trajo el vino y cuando hubo llenado las copas, Drogo levantó la suya y brindó:

—Por su salud, Hekla, y ojalá que el mundo siempre le parezca tan bello y emocionante como le parece en estos momentos.

Ella lanzó una exclamación.

—¡Qué brindis tan bonito! Ahora yo haré uno para usted.

Pensó durante un momento y después levantó su copa y expresó:

—Que encuentre lo que está buscando y que las estrellas le concedan el deseo de su corazón.

Drogo la miró sorprendido.

—Su brindis es encantador— aseguró—. Pero, ¿qué le hace pensar que yo ando en busca de algo?

—Estoy segura de que así es— replicó ella.

E hizo una pausa para sonreírle antes de continuar:

—Estoy utilizando mi instinto cuando le digo que está buscando algo que todavía no ha encontrado.

—Ahora me parece que debo preguntarle a la gitana que estaba junto a la fuente cuál es mi futuro.

Hekla rió.

—Mis doncellas dicen que las gitanas siempre les predicen que conocerán a un extranjero muy guapo que las robará el corazón.

Habló sin pensar. Y como si de pronto se diera cuenta de que aquello podía aplicarse a ella, se ruborizó y apartó la mirada.

Drogo se inclinó sobre la mesa para decir:

—Escúcheme, Hekla, porque tengo algo muy importante que decirle.

Ella le volvió a mirar y él preguntó:

—¿De veras es ésta la primera vez que usted se escapa y viene a la ciudad sin nadie que la acompañe?

—Sí, por supuesto. Nunca tuve antes el valor de hacerlo, aunque lo había pensado muchas veces.

—Entonces quiero que me prometa que es algo que nunca más volverá a hacer— explicó Drogo.

—¿Por qué?

—Porque debe comprender que es peligroso y que es algo de lo que podría arrepentirse amargamente.

—Pretende asustarme— observó ella en tono de reproche.

Hekla le miró y continuó diciendo:

—La gente siempre me dice que no puedo hacer lo que deseo, porque está mal y es peligroso, o porque puede provocar un escándalo.

Rió antes de terminar:

—Y mire qué ocurre. ¡Salto por encima del muro y... me le encuentro a usted!

—¿Cómo sabe que yo no soy un criminal o un ogro que pueda asustarla?— preguntó Drogo.

Hekla rió una vez más.

—No necesito que las gitanas me digan que puedo confiar en usted, porque se ve a distancia que es un caballero.

—Gracias— sonrió Drogo—. Pero podía haber tropezado con algún tipo muy diferente.

—Más no fue así— puntualizó Hekla—, y vamos a hablar acerca de algo más interesante que yo. ¿De dónde viene y por qué está en Ampula?

Drogo pensó que debía darle una explicación que ella pudiera aceptar, de modo que respondió:

—Soy explorador y he estado investigando algunas montañas en Rusia y en Afganistán.

—¿Por qué?— preguntó Hekla.

Le llevó un momento pensar en una respuesta. Pero dijo:

—Existen muchos informes acerca de la existencia de oro, piedras preciosas y otros minerales; no obstante es casi imposible excavarlas comercialmente por el frío y por lo difícil de su acceso.

—Eso es comprensible— convino Hekla—. Pero, al mismo tiempo, el viaje debió resultar muy interesante para usted.

—Lo fue— respondió Drogo y pensó que interesante era un calificativo muy suave para todo lo que acababa de vivir.

—¿Siempre viaja solo cuando va a explorar? preguntó Hekla.

—No puedo concebir que alguna mujer estuviera dispuesta a tolerar las incomodidades, las largas distancias y el frío, como en el caso de Afganistán.

—Sería mejor que permanecer sentada sobre cojines mullidos y teniendo que escuchar sermones todo el día— señaló Hekla.

—¿Eso es lo que sucede con usted? Sinceramente, no lo creo.

—Así es la mayor parte del tiempo— afirmó ella—, y puedo asegurarle que resulta muy aburrido.

—Entonces, esa es la razón por la que se escapó intempestivamente.

—Una vez más pretende amedrentarme.

Dejó a un lado su copa de vino y sugirió:

—Vamos a ver el baile. Por favor..., llame al camarero y yo le preguntaré dónde se celebra.

Como le era imposible resistir el tono de su voz, Drogo requirió al camarero y pagó la cuenta, que resultó ser muy económica.

Hekla le preguntó dónde tendría lugar el baile, y el camarero señaló por encima de su hombro, de modo que Drogo comprendió que se trataba de un lugar muy cercano a donde ellos se encontraban.

Dejó una propina que hizo que el camarero se inclinara de manera exagerada y, tomando a Hekla por el codo, la guió a lo largo de la calle.

Drogo advirtió que, con su vestido blanco, Hekla llamaba la atención de los hombres que estaban apoyados contra las paredes o sentados dentro de las tiendas.

Se sintió aliviado cuando llegaron a lo que le pareció ser una gran área para desfiles en el centro del barrio comercial.

Todo tipo de tiendas y de cafés rodeaban el lugar, así como muchos puestos exhibiendo diversas mercancías.

Los músicos ya habían comenzado a afinar sus instrumentos. Era el tipo de banda que se encontraba en todos los países de los Balcanes, cuyos componentes vestían los típicos trajes nacionales.

Todos los puestos tenían su propia iluminación, al igual que las tiendas.

La banda comenzó a interpretar una marcha y por el fondo del área apareció una procesión. Ésta era igual a las que tienen lugar en cualquier país de Europa para celebrar la festividad de algún santo.

Delante marchaban los monaguillos, con sus casacas de encaje, detrás, los sacerdotes, con vestimentas resplandecientes, y al final, los monjes, con sus hábitos oscuros.

En una carreta tirada por dos bueyes blancos se portaba la imagen de San Vito. Detrás, un coro cantaba un himno dedicado especialmente al santo. En lugar de interesarse por la procesión, Drogo se hallaba pendiente de Hekla. Para que pudiera observar mejor, la subió a una caja vacía, era obvio que se mostraba fascinada con el espectáculo; las velas de los monaguillos, el olor a incienso y los monjes que cerraban el cortejo. Al fin, éste se alejó de la plaza y la banda comenzó a tocar una tonada muy diferente. El público dejó escapar gritos de entusiasmo y llenó el lugar formando grupos para iniciar los bailes locales.

—¡Yo quiero bailar!— exclamó Hekla cuando Drogo la bajó de la caja.

—Creo que eso sería un error— observó él.

—Pero yo conozco este baile y puedo enseñarle como bailarlo conmigo.

Drogo miró a los bailarines. Se dio cuenta de que la mayoría de los hombres habían bebido antes de comenzar a bailar y estaba seguro de que si él lo hacía con Hekla era muy probable que los separaran.

Para distraer su atención, sugirió:

—Vamos a visitar los puestos y permítame ver si puedo encontrarle un regalo.

—Me parece que eso es un pretexto para evitar que yo baile— repuso ella.

Y Drogo se echó a reír.

—Aunque así sea, debe usted aceptar un recuerdo de su aventura de esta noche.

—Yo preferiría bailar— objetó Hekla.

Al decir aquello, un hombre que pasó bailando junto a ella extendió una mano para tomarla del brazo.

—Ven a bailar conmigo, muñequita— le dijo en kozanio.

Instintivamente, Hekla dio un paso hacia Drogo, quien la puso el brazo alrededor de los hombros y miró de manera desafiante al bailarín.

El hombre espetó algo vulgar, alejándose con los demás bailarines y Hekla aceptó de inmediato:

—Vamos a ver los... puestos.

Los llevó algún tiempo encontrar uno que tuviera recuerdos diferentes que llamaran la atención de los turistas.

Se vendían muñequitas con el traje nacional, pequeños abanicos y piezas de porcelana y madera con el escudo de armas de Kozan. También una colección de bolsos y cinturones de piel, muy mal confeccionados.

—¿Qué le gustaría?— preguntó Drogo.

Mientras hablaba, escuchó un sonido extraño y miró por encima del puesto hacia la explanada. Estaba hasta el tope de danzarines, y el ruido de la banda, combinado con los gritos de los espectadores, era casi ensordecedor, pero el sonido que distrajo su atención era uno diferente.

Súbitamente descubrió que al otro extremo un grupo de hombres entraba corriendo en la plaza empujando a los danzantes hacia un lado y gritando con furia.

Por un momento, Drago no pudo comprender qué era lo que estaba sucediendo. De pronto se di cuenta de que los recién llegados crecían en número y pensó que podía entender lo que gritaban.

—¡Libertad! ¡Libertad! ¡Abajo el rey! ¡Libertad para Kozan!

En aquel momento, el encargado del puesto se percató también de lo que ocurría. Con un grito indignado, comenzó a recoger sus artículos, metiéndolos precipitadamente en cajas y bolsas.

Los encargados de los otros puestos hacían lo miso.

Hekla exclamó con voz asustada:

—¡Son los marchistas rojos!

No tuvo que añadir que se trataba de revolucionarios, pues Drogo ya lo había imaginado.

La tomó de la mano y comenzó a guiarla hacia la salida más próxima de la explanada.

Casi la habían alcanzado cuando escucharon una detonación, a la que siguieron otras.

El miró hacia atrás y vio a los soldados que acababan de aparecer en la zona, haciendo retroceder a los revolucionarios.

Comprendió que sería peligroso permanecer allí o aparentar curiosidad.

Sin soltar a Hekla de la mano, avanzó hacia adelante, hasta llegar a una placita que se hallaba menos congestionada.

Los gritos a su alrededor le hacía imposible hacerse escuchar, pero por fin Drogo logró decir:

—Tendrá que guiarme, porque no tengo la menor idea de dónde estoy.

—Creo que si damos la vuelta a la izquierda nos encontraremos cerca de mi casa

Drogo sabía que aquel era el miso sector donde él se estaba alojando.

Aún sujetando la mano de Hekla, la condujo en la dirección que ella había sugerido. Se sintió aliviado al comprobar que la multitud no los estaba siguiendo.

—Tiene que contarme de que se trata todo esto— pidió Drogo.

—Los marchistas rojos— repicó Hekla— están tratando de incitar a la población para que se rebele contra ... la Monarquía

—Yo pensaba que Kozan, a pesar de ser un país muy pequeño, era también muy seguro— comentó Drogo.

—Son los rusos quienes están detrás de todos los problemas— informó Hekla—, mandan aquí sus agitadores para alborotar a la población y convencerlos de que es necesaria una revolución.

Drogo no se sorprendió, pues eso era algo que ya había escuchado muchas veces con anterioridad. Rusia era maestra en el arte de crear revueltas, tal y como lo estaba haciendo en Afganistán y en la frontera noroeste. No admitía la independencia de un país pequeño como Kozan, al cual trataba de anexarse.

Primero, levantaba al pueblo contra la Corona y después lo invadía bajo el pretexto de restablecer el orden.

Pero se abstuvo de comentarle nada a Hekla, pensando que ella no lo iba a entender.

Avanzaron un poco hasta que, súbitamente él se dio cuenta de que al final de la calle desierta se escuchaba el sonido de hombres marchando.

En seguido pudo ver a unos soldados que se acercaban.

Instintivamente, se detuvo y empujó a Hekla hacia unos escalones.

—¿Por qué?— preguntó ella y él exclamó con tono autoritario.

—¡Silencio! ¡No queremos que nos vean!

Afortunadamente, la puerta de la casa se abría hacia el interior. Drogo llevó a Hekla hacia la oscuridad y se detuvieron de espaldas a la calle.

En aquel momento, los hombres que se acercaban comenzaron a correr. Lanzando sus gritos de guerra pasaron junto al lugar donde Drogo y Hekla estaban escondidos.

Se escucharon gritos de pánico como si los hombres hubieran atropellado a alguien que se atravesó en su camino.

Drogo sabía muy bien que un rostro blanco en la oscuridad llamaría la atención, por lo que cubrió a Hekla con su cuerpo, manteniéndose de espaldas a todo cuanto estaba ocurriendo.

Se oyó el gemido de una mujer y Hekla se le acercó un poco más, por lo que Drogo pudo advertir que la chica estaba temblando y cuando trató de hablar le puso la mano detrás de la cabeza y le apretó la cara contra su hombro. Poco a poco, los gritos de los soldados fueron desapareciendo calle abajo.

Todavía se escuchaban disparos, pero Drogo no tenía idea de contra quién.

Por fin, reinó el silencio. Sólo se oían los gemidos de una mujer, los cuales provenían de la calle por la que ellos habían llegado hasta allí.

Drogo miró hacia atrás con mucha cautela, sin quitarle los brazos de encima a Hekla. La oscuridad no le permitía ver mucho, pero estaba casi seguro de que la calle delante de ellos estaba vacía.

Decidió esperar unos minutos para estar seguro. En seguida, apartando los brazos de Hekla, la tomó de la mano y dijo:

Vamos, voy a llevarla al lugar de donde vino.

—¡No!— protestó ella—. ¡Por favor... no! ¡Los marchistas rojos podrían estar allí!

El miedo que se reflejaba en su voz era evidente y Drogo no se detuvo a discutir. Se dirigió hacia el final de la calle.

Llegaron al cruce por el cual él había pasado el día anterior al entrar en la ciudad. La casa de su Primo no estaba muy lejos.

La encontró sin mucha dificultad.

—Aquí es donde yo estoy alojado— le dijo Drogo a Hekla en voz baja—. ¿Quiere pasar o desea que la lleve a su casa?

—Usted no... entiende. Por el momento, yo no puedo regresar a casa.

Como era peligroso permanecer en la calle, Drogo sacó la llave y abrió la puerta.

Dentro vio que la lámpara de aceite que había encendido antes de salir aún permanecía ardiendo.

La tomó y la llevó escaleras arriba. Cuando llegaron al salón, dijo a Hekla:

—Si está segura de que es peligroso que regrese esta noche, puede quedarse aquí.

Ella le miró suplicante.

—Permítame quedarme..., por favor..., tengo miedo, mucho miedo por lo que... está ocurriendo. Esos hombres han estado causando problemas desde hace mucho tiempo.

—Entonces voy a mostrarle donde puede dormir indicó Drogo.

Subieron el siguiente piso y Drogo abrió la puerta de la habitación de su primo. Encendió las velas junto a la cama. Ésta se encontraba lista.

—Aquí estará cómoda— la aseguró a Hekla—, y no hay nada que pueda asustarla.

Ella murmuró algo y se le acercó para poner la cara sobre su hombro.

—¡Tengo miedo, mucho miedo!— murmuró.

—Estoy seguro de que por la mañana todo estará mejor— la tranquilizó Drogo—. Es habitual que este tipo de cosas sucedan durante las fiestas populares.

Hekla no respondió, pero él pudo ver el miedo reflejado en sus ojos y que sus labios temblaban.

—Tiene que ser valiente— dijo como si hablara con un niño.

Y, sin pensar lo que hacía, inclinó la cabeza y la besó. Por un momento, la muchacha se puso tensa, mas como si aquello fuera lo que ella deseaba, se apretó contra él un poco más.

Como sus labios eran de una suave pureza, Drogo continuó besándola de manera posesiva y exigente. Cuando por fin levantó la cabeza, ella exclamó:

—¡Esto es un final maravilloso, para lo que ha sido... una noche emocionante!

Drogo la besó una vez más. Entonces como sintiese que la sangre comenzaba a calentarse en sus venas sugirió:

—Métase a la cama, Hekla. Yo me encargaré de que nada le ocurra.

Sin decir más, salió de la habitación llevándose la lámpara.

Cuando llegó al descansillo se percató de que no sabía si la puerta trasera estaba cerrada. Si en la ciudad había disturbios sabía muy bien que los saqueadores aprovecharían la ocasión.

Bajó a la planta inferior y entró en la cocina, que estaba situada detrás del comedor.

Allí encontró que la puerta tenía una cerradura bastante débil, pero con cerrojos, uno arriba y otro abajo, los cuales corrió y se aseguró también de que las ventanas estuvieran bien cerradas.

Lo mismo hizo con la puerta principal.

Después subió a la habitación que ocupara la noche anterior y se desvistió.

La bata estaba donde él la había dejado, así que, después de asearse, se la puso y se dirigió hacia la puerta.

Cuando estaba a punto de abrirla se preguntó si se estaba comportando de una manera poco caballerosa con una jovencita que había confiado en él.

En ese instante pensó que ninguna jovencita bien educada, por muy inocente que fuera, habría salido sola sin advertir el peligro que ello suponía, sobre todo en una ciudad como Ampula.

Era cierto que Hekla parecía muy infantil e inocente, pero si vivía en la ciudad, como era obvio, tenía que saber que salir sola en una noche de fiesta atraería la atención de muchos hombres.

«Me está tratando como a un tonto», se dijo Drogo, «...y como mi deseo se convirtió en realidad, ¿quién soy yo para rechazarlo?»

Comprendió que después de tanto tiempo de no estar en contacto con una mujer hubiera sido anormal el no desear a Hekla.

Cuando se acercó a la puerta, vio la luz que todavía brillaba y se dijo que, sin lugar a dudas, la chica le estaba esperando.

Atravesó el pasillo y abrió la puerta.

Hekla se encontraba en la cama y sus cabellos, que eran más largos de lo que él lo había esperado, le caían sobre los hombros desnudos.

Como hacía calor, su cuerpo estaba cubierto únicamente con la sábana y él pudo adivinar sus formas con toda claridad al atravesar la habitación.

Cuando llegó junto a la cama, el rostro de la chica quedó iluminado por la luz de la vela y Drogo pudo observar que se había dormido.

Estaba tan bella que él pensó que no era real, sino parte de un sueño.

En seguida descubrió que su pecho se movía de manera rítmica debajo de la sábana.

«Me está engañando», pensó él.

Se arrodilló junto a la cama y se inclinó para besarla, mas cuando vio su cara de cerca se percató de que realmente estaba dormida.

Un brazo se encontraba fuera de la sábana y sus dedos estaban completamente relajados.

Su cuerpo ya no temblaba como lo había hecho anteriormente.

Cuando volvió a inclinarse sobre ella, sintió que su inocencia vibraba hacia él.

De inmediato comprendió que no podía seguir adelante con sus intenciones.

Lentamente, como si le costara mucho trabajo hacerlo, se incorporó. Apagó las dos velas y tomó el otro candelabro para alumbrar su camino.

Salió de la habitación y la dejó sola.

Una vez en su cuarto, Drogo se preguntó si en realidad era un necio.

Todo su cuerpo clamaba por la suavidad y la dulzura de Hekla.

También era consciente de la manera en que la muchacha le había cautivado durante todo el tiempo que estuvieran juntos.

«¿Cómo puedo ser tan estúpido y no poseerla como lo hubiera hecho cualquier otro hombre en las mismas circunstancias?», se preguntó.

Se metió en la cama, pero el deseo que sentía por ella le robó el sueño.

Se dijo una y otra vez que si él no la tocaba, el siguiente hombre no iba a ser tan escrupuloso.

«Soy un estúpido», se dijo una vez más, mientras daba vueltas de un lado a otro en la cama.

* * *

Al fin, ya próximo el amanecer, Drogo logró quedarse dormido y despertó cuando llamaron a la puerta principal.

Pensó que eran algunos obreros que acudían para arreglar algún desperfecto, pero después se cercioró de que se trataba de Maniu, el sirviente, quien no podía entrar porque él había corrido los cerrojos.

Se levantó de la cama, se puso la bata y bajó hasta la cocina.

El sol entraba por la ventana y pensó que los temores y los problemas de la noche anterior le parecieron mucho mayores de lo que en realidad habían sido.

¿Cómo había podido creer a Hekla cuando ella le dijo que era muy peligroso regresar a su casa?

Ahora, a la luz del día, sintió que sólo podía reírse de su propia estupidez.

Después de tantos meses de no tener relaciones con una mujer, ¿cómo pudo rechazar aquel regalo de los dioses y dejarla como si fuera un tonto?

Imaginó en cómo se hubieran reído de él los demás oficiales si se enteraban de lo que había ocurrido.

En la India, cualquier mujer blanca era presa fácil, siempre y cuando ella conociera las reglas.

El amor resultaba ser una palabra muy tierna para algo que en realidad era muy diferente.

Un hombre tenía que ser un hombre. La noche anterior, él se había abstenido de disfrutar de un goce increíble.

El que ella se quedara dormida no era excusa. Seguramente, Hekla no se hubiera sorprendido al verle llegar.

Por experiencia, sabía que al entrar en una habitación su ocupante siempre aparecía muy seductora, en actitud de abandono contra las almohadas, leyendo un libro.

Era corriente que ellas exclamaran:

¿Qué estás haciendo aquí? ¡Sabes que no te esperaba!

Todo formaba parte del juego; un juego que podía convertirse en un problema si el esposo era celoso.

«¿Por que fui tan imbécil anoche?», se preguntó Drogo cuando entró en la cocina.

Descorrió los dos pasadores para dejar entrar a Maniu.

Cerró la puerta anoche.

—Eso me parece muy bien, señor— comentó el sirviente—. La situación está muy grave. ¿Se quedó en casa?

—¿Por qué? ¿Qué está sucediendo?— preguntó Drogo.

—Estalló la revolución— respondió Maniu—. Hay muchos muertos. Los marchistas rojos dispararon contra el Palacio.

Capítulo 3

DROGO se quedó mirando a Maniu.

—¿Dispararon contra el Palacio?— repitió y después preguntó—. ¿En realidad es grave?

—Mucho, señor— respondió Maniu—. Parte del ejército se ha unido a los marchistas.

Drogo frunció el ceño. Lo último que deseaba en aquellos momentos era verse involucrado en una revolución. Lo importante era conseguir llegar a algún lugar seguro desde el cual poder trasmitir la información que había obtenido.

—¿Le preparo el desayuno, señor?— preguntó Maniu. De pronto Drogo recordó que debería ser un desayuno para dos, ya que Hekla se encontraba arriba.

—Sí, prepare el desayuno para dos personas. Una amiga se quedó anoche aquí.

Salió de la cocina y decidió que tenía que despertar a Hekla. Quería llevarla a su hogar y salir de Kozan lo más pronto posible.

Necesitaba dinero, pero estaba seguro de que en la caja fuerte de su primo había el suficiente como para permitirle llegar hasta Rumania, o también podría embarcarse en una nave que lo llevara por el Mar Negro hasta Bulgaria o Turquía.

Pensando en aquello llegó hasta la puerta de la habitación dónde se hallaba Hekla.

La abrió sin llamar antes, pues estaba seguro de que ella aún estaría dormida. Y no se equivocó. Hekla continuaba acostada sobre las almohadas, tal y como la había dejado la noche anterior.

Ahora Drogo pudo comprobar que era tan bella como él la había visualizado durante todas aquellas horas en las que no había podido conciliar el sueño.

Descorrió las cortinas para despertarla. Al volverse, vio que seguía dormida, con una mano debajo de la mejilla, como una niña.

Entonces se dio cuenta de que el tiempo transcurría y que era necesario llevarla pronto a su casa. Sin embargo, como era tan bonita, Drogo no pudo evitar arrodillarse para despertarla con un beso.

Por un momento, Hekla no se movió.

Poco después sus ojos se abrieron y murmuró:

—Estaba soñando… con usted.

—Es hora de despertar— anunció Drogo, y sin poder evitarlo, la besó un vez más antes de ponerse de pie.

—Apresúrese— dijo él—. Tengo que llevarla a su casa de inmediato.

—¿Por qué?— preguntó ella medio dormida.

—Tal y como lo pensó anoche— respondió Drogo—, ha estallado una revolución y como la situación puede empeorar, debo trasladarla adonde esté segura antes de abandonar el país.

—¿Se marcha… usted?

—Tengo que hacerlo— respondió él—. Como usted ya sabe, soy un viajero.

Y se dirigió hacia la puerta.

—Voy a vestirme y quiero que usted haga lo mismo. Maniu nos está preparando el desayuno.

—¿Ha sido muy violenta la revolución?

La manera cómo la chica habló le reveló a Drogo que tenía miedo.

—Maniu dice que están atacando el Palacio— respondió él—. Supongo que usted estará a salvo en su casa. Hekla lanzó un grito.

—¿Disparan contra… el Palacio?— exclamó—. Papá no está… allí.

Drogo se volvió y pudo advertir que Hekla se había olvidado de que se acostó desnuda. Entonces alcanzó a ver dos senos perfectamente formados antes de que ella lanzara una exclamación y se cubriera con la sábana.

Drogo se acercó a la muchacha muy despacio.

—¿Ha dicho papá? ¿Vive usted en el Palacio? ¿Quién es su padre?

La muchacha le miró con los ojos muy abiertos.

—La he hecho una pregunta— insistió Drogo—. ¿Quién es su padre?

Hubo una larga pausa antes de que ella respondiera con voz casi inaudible:

—Él es… el… Rey.

Drogo pareció convertirse en una piedra.

Y después de que ambos se miraran por largo tiempo en silencio, él preguntó:

—¿Me está diciendo la verdad?

—Por supuesto que sí..., y yo no puedo regresar al Palacio si... los marchistas rojos están allí.

—Es la hija del Rey y se atrevió a salir anoche del Palacio de esa manera tan descabellada?

Drogo habló como si estuviera tratando de organizar sus propios pensamientos.

Hekla apartó la mirada.

—Yo estaba muy... aburrida— suplicó—. Papá se había marchado con mi madrastra, pero ella nunca me lleva porque me odia.

Drogo se sentó al borde de la cama.

—Me resulta muy difícil creer todo esto— explicó—. Empecemos por el principio. Sé muy poco acerca de Kozan y nunca imaginé que conocería a su Princesa cuando ésta se deslizaba por una cuerda.

Hekla rió, pero sus ojos todavía reflejaban miedo.

—Desde mi ventana descubrí que los obreros que habían estado reparando la pared... dejaron sus escaleras y... sus cuerdas...

Y le miró un momento antes de continuar:

—Yo sólo quería ver la procesión y los bailes.

—No puedo imaginar algo más irresponsable— espetó Drogo—. ¿Nadie cuida de usted en el Palacio?

—Demasiada gente— respondió Hekla—. Tengo dos damas de compañía que son muy ancianas y siempre me están riñendo. Después de que mamá murió..., y no tengo con quién conversar..., excepto con un grupo de cortesanos contemporáneos de Matusalén.

—Me comentó que su madre era inglesa— recordó Drogo.

—Era la hija del Duque de Dorchester y a papá le permitieron casarse con ella porque su madre había sido prima de la Reina Adelaida.

Drogo comprendió que aquello fue un acuerdo ya que la realeza debe casarse siempre con la realeza. Hekla continuó:

—En realidad, cuando ella se casó con papá y se enamoró profundamente de él, quien era el segundo hijo del Rey de Kozan tenía muy pocas probabilidades de ascender el Trono.

—Pero lo hizo— señaló Drogo.

—Sí..., su hermano, el Príncipe heredero, murió en un accidente ecuestre y papá fue coronado hace doce años, cuando yo tenía seis. Después de eso, todo... cambió.

Hekla suspiró.

—Mamá siempre decía lo mucho que añoraba nuestra casa en el campo..., donde podíamos hacer lo que queríamos.

—Eso lo entiendo— observó Drogo.

—Lo cierto es que todos éramos muy felices hasta hace tres años, cuando mamá... murió.

Un sollozo reprimido le indicó a Drogo lo mucho que la muchacha añoraba a la Reina y las lágrimas asomaron a los ojos de Hekla cuando continuó diciendo:

—Papá se sentía tan desgraciado que no le importó, cuando lo obligaron a casarse con una Princesa serbia, quien me odió desde el momento en que llegó al Palacio.

—¿Por eso quería escapar?

—¡Por supuesto! Yo estaba… furiosa porque quería acompañar a papá a un carnaval que se celebra cerca de aquí, pero mi madrastra se negó… a que lo hiciera.

—¿Su padre no insistió?

—Papá odia las escenas desagradables y la Reina pierde el dominio de sí en cuanto no se hace exactamente lo que… ella quiere.

—Muchos hombres son así— señaló Drogo con cinismo.

—Papá era muy feliz con mamá— replicó Hekla—, y todo el Palacio parecía estar lleno de amor. Sin embargo, cuando esa mujer se casó con él, se volvió sombrío y es como vivir siempre envueltos por la niebla.

—Lo siento mucho— murmuró Drogo—, pero debe darse cuenta de que no hay nada que yo pueda hacer. Necesito marcharme y usted debe indicarme dónde puedo dejarla para que esté a salvo.

Hekla le miró y enseguida extendió una mano.

—Por favor..., no me deje— suplicó—. Anoche, con usted, me sentí feliz por primera vez desde que... mamá se fue. Si me deja ahora, moriré de... miedo.

—Lo entiendo— dijo Drogo—, mas yo debo partir, así que debe decirme con quién se puede quedar hasta que esta revuelta haya terminado.

—Terminará cuando... Rusia se apodere del país— respondió Hekla.

—No puede estar segura de eso.

—Lo estoy. Hay muchos hombres que... están dispuestos a apoyarla sólo para... conseguir su favoritismo.

Drogo estaba seguro de que aquello era verdad, no obstante resolvió que no era asunto suyo.

De pronto se puso de pie.

—Debe vestirse— dijo—. Después de que desayune, yo la llevaré a cualquier parte donde desee ir, así que piense en alguien con quien quiera estar.

Al llegar a la puerta, se volvió para sonreírla antes de salir. Ella le estaba mirando con una expresión patética que le hizo recordar a un niño que necesitara cuidado y protección.

En ese instante pensó en lo bonita que estaba y una vez más sintió deseos de besarla. Entonces, haciendo un esfuerzo, salió de la habitación y cerró la puerta.

Mientras se vestía pensó que nunca pudo imaginarse que aquella chica que había saltado un muro para poder disfrutar de la vida de la ciudad fuese la hija del Rey.

«Debo encontrar algún lugar seguro donde dejarla», se dijo, «...y después emprender camino».

Vestirse le llevó muy pocos minutos. Pensó que sería mejor ponerse la ropa vieja con la que había llegado. Cuando hubo terminado, llamó a la puerta de Hekla y dijo:

—Apresúrese. Supongo que el Desayuno ya estará listo.

Corrió escalera abajo y cuando entró en el comedor escuchó que Maniu hablaba con alguien en la puerta de la cocina. Unos momentos más tarde, apareció con un gran plato de huevos con tocino.

—Desayuno a la inglesa— anunció el sirviente cuando lo puso sobre la mesa frente a Drogo.

—¿Cuál es la situación afuera?— Drogo preguntó.

—Pésima, señor. Los marchistas rojos han tomado el Palacio y el Senado.

—Quizá yo deba ir a la Embajada.

—La Embajada está cerrada. Todos se han marchado. Fui a buscar noticias acerca de mi amo y no encontré a nadie, excepto a un vigilante muy asustado.

Drogo apretó los labios, pues no cabía duda de que aquello era muy grave. Deseó haber ido a la Embajada tan pronto como llegó a Ampula. Ahora era demasiado tarde.

Maniu regresó a la cocina en busca de una jarra de café.

Le estaba llenando la taza a Drogo cuando Hekla entró en la habitación.

Como se vistió con prisa, no se había peinado, sino que simplemente sujetó sus cabellos sobre la nuca con una cinta de seda.

—Espero que quede algo de desayuno para mí bromeó Hekla cuando Drogo se puso de pie.

—Maniu se encargará de eso— respondió Drogo.

Maniu miró a Hekla cuando ésta se sentó junto a Drogo. Primero fue una mirada casual, pero después se quedó observándola sin moverse y Drogo advirtió que el sirviente estaba muy confundido.

—Alteza!— exclamó Maniu en kozanio—. ¿Sí es usted, Su Alteza?

Hekla pareció asustada, pero Drogo intervino:

—Sí, es ella, Maniu, y vamos a necesitar su ayuda, pero antes… el desayuno.

—Sí, señor, el desayuno— murmuró Maniu y salió de la habitación. Drogo le pasó la taza de café a Hekla y dijo:

—Me sorprende que Maniu la haya reconocido cuando anoche nadie lo hizo.

—Supongo que él me habrá visto durante alguna de las fiestas que tienen lugar en esta parte de la ciudad.

—Usted no hubiera podido ir adonde fuimos, salvo en un carruaje oficial— señaló Drogo—. Ahora que sé su identidad, debemos de tener mucho cuidado.

—¿Quiere decir que los revolucionarios… podrían matarme?— preguntó Hekla.

—Por lo menos, la arrestarían— respondió Drogo.

—Entonces debo permanecer… aquí con usted… donde ellos no puedan encontrarme.

Drogo se estaba preguntando cómo responder a aquello, cuando Maniu entró con otro plato de huevos con tocino. Lo puso delante de Hekla e hizo una profunda reverencia antes de intentar retirarse.

—Un momento, Maniu— le detuvo Drogo—, anoche yo traje a la Princesa aquí, porque los revolucionarios y los soldados estaban peleando en las calles.

Hizo una pausa antes de proseguir:

—Ahora tenemos de decidir adónde llevar a Su Alteza para que esté a salvo.

Se expresó lentamente para que el sirviente le pudiera entender, y Maniu asintió.

—Lo que sugiero— continuó Drogo—, es que usted averigüe exactamente qué sucede en esta zona y después de la comida, cuando las calles estén relativamente vacías, podremos llevar a la Princesa a un lugar seguro.

Mientras hablaba, decidió que le gustaría poder abandonar Kozan ese mismo día.

De modo que una vez que decidieran el lugar al que podría ir Hekla, comenzaría a pensar en su propia huida.

—Voy a enterarme qué sucede— dijo Maniu, y les dejó solos.

En la mesa había mantequilla, mermelada, miel y tostadas calientes.

Hacía meses que Drogo no había comido algo tan exquisito.

Hekla también parecía tener apetito y cuando terminó de comer todo lo de su plato comentó:

—Será... difícil encontrar un lugar... para mí.

—¿Por qué dice eso?— preguntó Drogo.

—Porque estoy segura de que todos los colaboradores de papá han de haber huido a... sus casas en el campo.

Suspiró antes de continuar:

—No son tan ingenuos como para permanecer en Ampula y esperar a que los hagan prisioneros o... los maten.

Drogo pensó que tenía razón, sin embargo, dijo:

—Tiene que haber algún sitio donde permanezca a salvo. ¿Qué tal un Convento o la casa del Arzobispo?

—Tienen demasiado miedo a los rusos como para dejar que... me quede con ellos de una manera oficial.

—¿Está segura?

Siempre que se admitió la posibilidad de una revolución, el Arzobispo declaraba que, en tal caso, lo mejor sería que la Iglesia permaneciera neutral.

Drogo suspiró.

—Está haciendo que todo resulte imposible.

—No es mi intención hacerlo— protestó Hekla—. Sólo intento pensar con claridad y de una manera sensata, como lo hubiera hecho mamá en un momento de crisis, y tiene que reconocer que ésta es una crisis.

—Ciertamente lo es— admitió Drogo—. Yo haré cuanto pueda por encontrarle un lugar seguro, pero tengo que abandonar Kozan y usted no debe tratar de impedírmelo.

—Por qué no?— preguntó Hekla.

El dudó un momento y después la confesó la verdad.

—La razón por la cual no puedo ser más explícito es por la seguridad de mi país.

—Comprendo— aceptó ella—. Cuando usted me dijo que había estado explorando en Afganistán, supuse que existía alguna razón ulterior por la cual estaba allí.

Drogo frunció el ceño.

—¿Qué quiere decir con eso?

—Yo sé que se trata de un secreto, pero escuché cuando algunos ingleses le hablaron a mamá acerca de cómo los rusos causan problemas en las fronteras de la India…, igual que lo hacen aquí.

—Debe usted tener mucho cuidado— advirtió Drogo—. Los rusos tienen orejas muy largas y cualquier palabra pronunciada fuera de lugar puede ocasionar muchas muertes.

—Tendré mucho cuidado— comentó Hekla—, y ahora... comprendo porque... debe abandonarme.

—Le prometo que no me iré hasta que usted esté a salvo— aseguró él.

Se miraron directamente a los ojos y permanecieron así largo rato.

* * *

Cuando terminaron el desayuno, Drogo fue a la cocina a buscar a Maniu, mas la encontró vacía.

Supuso que el sirviente había ido en busca de información acerca de lo que estaba ocurriendo en la ciudad.

Pensó en subir para hacer su raquítico equipaje, pero antes llevó a Hekla a ver su caballo.

En la parte posterior de la casa había un patio con una caballeriza para dos animales y era obvio que Maniu había cuidado bien su montura.

Disponía de paja fresca sobre el suelo, alimento en el pesebre y agua en la cubeta.

—El me salvó la vida— le dijo Drogo a Hekla, que lo estaba acariciando—. Se merece un largo descanso y después de que yo me vaya..., un buen amo.

—Si se lo regala a Maniu, él se sentirá muy orgulloso. En Kozan tener un caballo da más prestigio que tener una esposa.

Drogo rió.

—Entonces será de Maniu, a menos que yo tenga que montarlo hasta Rumanía.

—El camino es largo y montañoso— informó Hekla—. Sería mejor que marchara por mar.

Eso mismo era lo que Drogo había pensado.

Momentos después, dejó a Hekla en el salón y subió para ver cuánto dinero guardaba su primo en la caja fuerte.

Sabía que de estar presente, Gerald le hubiera ayudado, sobre todo al informarse de la importancia de la misión que acababa de terminar. Por lo tanto, no sintió escrúpulos al abrirla una vez más.

No resultó alentador encontrar que en ella había muy poco dinero, además, en plena revolución, el dinero de Kozan carecería de valor en otros países.

Contó las monedas que su primo tenía guardadas y para consternación suya, no sumaban ni diez libras. Las deslizó en la bolsa, cerró la caja fuerte y repuso el cuadro que la cubría.

Consideró que, si llegaba a Bulgaria, allí podría conseguir ayuda para el resto del viaje. Por el momento, lo primero era resolver el problema de Hekla, así que regresó al salón.

La encontró mirando a través de la ventana y se volvió cuando él entró.

La expresión de sus ojos le hicieron ver que estaba asustada.

—¿Cuánto dinero encontró?— preguntó la muchacha.

—No mucho— respondió Drogo—. Pero creo que será suficiente.

—Si pudiera entrar en el Palacio...— expresó Hekla—, yo sé que hay mucho dinero escondido en una caja fuerte en la habitación de papá.

El Palacio es un lugar del cual los dos debemos alejarnos.

—Supongo que si la muchedumbre penetra allí, se llevarán toda mi ropa— dijo Hekla.

—Eso carece de importancia— observó Drogo.

—Usted piensa así, porque es hombre... sin embargo, yo quiero estar bonita para usted. Me gustaría llevar un vestido diferente al de ayer.

Drogo sonrió ante esas palabras.

—Parece que está buscando adulaciones; por lo tanto, le diré que está muy bonita y que el vestido no tiene nada que ver.

Ella le sonrió como si el sol acabara de salir.

—¿Lo dice en serio?

—La recordaré como la mujer más bella que he conocido— repuso Drogo—, y le aseguro que estoy diciendo la verdad.

Hekla se le acercó y, mirándole a los ojos, le dijo:

—El beso que me dio... fue lo más... perfecto que jamás me había ocurrido.

—¿Nunca la habían besado?— preguntó él con voz grave.

—No, ¡por supuesto que no! Fue tal y como yo… me lo había imaginado, aunque mucho… mejor.

Drogo extendió los brazos y la sostuvo junto a él. De inmediato pensó que aquello sólo empeoraría el momento de la despedida.

Pero era demasiado tarde.

Ella se acercó un poco más, sus brazos le envolvieron el cuello y le arrimó la cabeza hacia la suya.

Drogo comenzó a besarla de manera apasionada, posesiva y vehemente, y en ese momento supo que ya nada más le importaba, ni siquiera la revolución.

Por fin, Hekla expresó con voz emocionada:

—Te… amo… te… amo.

—Eso es algo que no debes hacer— contestó Drogo.

—¿Por qué no?

—Porque tenemos que separarnos, mi pequeña…, y como no nos volveremos a ver, no quisiera que te sintieras infeliz o triste.

Ella sollozó y escondió la cara en el cuello de Drogo.

—Todo esto ha sido un sueño— dijo él—. ¡Un sueño maravilloso! No debemos empañarlo con resentimientos o deseando que nunca hubiera ocurrido.

—¿Cómo podría yo hacer eso?— preguntó Hekla—. No sólo estoy agradecida porque haya ocurrido, sino que anhelo que... continúe para siempre.

—Lo sé— admitió Drog—, pero todos tenemos que despertar de los sueños, y mañana sólo podrás recordarme como a un extraño que entró en tu vida y volvió a salir.

—Te recordaré como al hombre... más maravilloso que jamás ha existido y donde quiera que estés, mi mayor deseo será... poder estar a tu lado.

—Eso es un imposible— respondió Drogo—, así que permíteme recordarte como eres ahora, dulce, delicada y bella... no una Princesa, sino una mujer que siempre ocupará un lugar muy especial en mi corazón.

—¿Me lo... prometes?

—Te lo prometo— afirmó él—, mas sólo si tú me prometes que tratarás de ser feliz.

—Lo intentaré— dijo Hekla—. Sin embargo, sé que cuando te alejes..., te llevarás mi corazón.

Había algo tan patético en la manera como habló, que impulsó a Drogo a ceñirla contra él una vez más y a besada hasta que ambos quedaron sin aliento.

Él era consciente de que el corazón le latía con fuerza, y por un momento el resto del mundo desapareció. Lo único que existía era la suavidad de los labios de Hekla, la belleza de su rostro y la sensación de que todo su ser se había fundido con el de la muchacha. Como la deseaba con desesperación, hizo un esfuerzo y se apartó de ella.

—No debo volver a tocarte, mi amor— musitó—. Ahora lo único que importa es encontrar un lugar donde estés a salvo.

En ese momento se abrió la puerta y entró Maniu.

—¿Qué ha averiguado?— preguntó Drogo.

—Los marchistas rojos han vencido. Ya no hay tiroteos porque el ejército se rindió.

Drogo se quedó mirándole, ya que no encontró nada que decir, y Maniu continuó explicando:

—Los marchistas arrasaron las tiendas y la gente se lanzó contra el Palacio para saquearlo.

—¿Los marchistas rojos no lo impiden?— preguntó Drogo.

—No, señor— respondió Maniu—. Ellos también están robando. En el Palacio se están bebiendo el vino de las cavas.

Mientras Maniu hablaba, Hekla atravesó la habitación y se detuvo junto a Drogo, que la envolvió con sus brazos para protegerla. Entonces, dijo:

—Es un riesgo, pero considero que debemos afrontarlo.

—¿A qué te refieres?— preguntó Hekla.

—Estaba pensando que si Maniu y yo entramos en el Palacio, vestidos como gente del pueblo y tu nos dices exactamente dónde se encuentra la caja fuerte de tu padre, quizá consigamos suficiente dinero para que los dos podamos escapar a otro país.

Hekla exhaló un grito de alegría.

—¿Quieres decir que... puedo ir contigo?

—Quizá, dadas las circunstancias, sería lo más seguro.

—Entonces, procede a hacer lo que me acabas de decir. Lo único que... importa es que nunca... me dejes.

Después de comer algo ligero, Drogo y Maniu se encaminaron hacia el Palacio.

Drogo había llevado a Hekla a la planta superior y le hizo prometer que no saldría de su habitación.

—Dime que... tendrás mucho cuidado— le suplicó Hekla.

—No creo que los marchistas rojos me maten— manifestó Drogo—. Yo hablo el ruso y me acercaré al Palacio como tal. Es más, pretenderé ser un marchista.

Maniu le informó que los marchistas se caracterizaban por llevar un pañuelo rojo alrededor del cuello.

Drogo ya estaba vestido con la ropa con la que había escapado y con la gorra de astracán en la cabeza fácilmente podría pasar por un ruso.

Sus disfraces siempre resultaban muy convincentes, porque sabía vivir mentalmente el papel que estaba representando. No se trataba sólo de vestirse como la gente del país, sino también de hablar como ellos, usar sus expresiones, sus gestos y sus actitudes específicas. Y desde el momento en que Maniu y él salieron de la casa donde Hekla permaneció rezando por ellos, comenzó a desenvolverse como un ruso.

Maniu aparentaba estar ebrio, llevando consigo una botella de vino. Tomaron el camino que llevaba al Palacio y Drogo reconoció la pared que Hekla había saltado para escapar la noche anterior.

En su interior, el Palacio resultó ser tal y como él lo imaginó. Tenía grandes Salones decorados al estilo rococó y otros más modernos, tal vez añadidos en años posteriores.

En cuanto entraron se dieron cuenta de que la gente estaba arrasando con todo cuanto podía llevarse. Las mujeres portaban cortinas de terciopelo; los hombres, sillones dorados, y los niños, piezas de porcelana y cacharros de cocina.

Reinaba un ambiente de avaricia y euforia.

Algunos hombres peleaban por la posesión de determinados artículos.

Antes de salir de la casa, Hekla les había dibujado un plano del Palacio.

Drogo pensó que sería un error el dirigirse directamente a las habitaciones del Rey, por lo que Maniu y él se unieron a las turba que saqueaba los salones oficiales, y cuando consideró que los demás no les prestaban atención, subieron por una escalera secundaria que Hekla les había indicado era para el uso de la servidumbre.

Los apartamentos del Rey se encontraban al final del edificio y hasta entonces los saqueadores habían permanecido en la planta inferior.

Drogo no tuvo mucha dificultad para encontrar el dormitorio del Rey.

Los cuadros, los adornos y la ropa de cama ya habían desaparecido.

El ropero permanecía abierto y se podía comprobar que alguien ya había hurtado la ropa del monarca.

Sin embargo, era el vestidor lo que le interesaba a Drogo.

Dejó a Maniu de guardia en el dormitorio, entró en el vestidor, cerró la puerta con llave y se dirigió a la pared norte.

Hekla le había explicado que el segundo panel junto a la ventana ocultaba la caja fuerte.

Drogo se dio cuenta de que era imposible que alguien la encontrara.

Descubrió el mecanismo que abría el panel y se vio frente a la caja fuerte.

Hekla conocía la combinación y se la había explicado perfectamente a Drogo, cuando la puerta se abrió, éste dejó escapar un suspiro de alivio, pues sabía lo importante que era aquel momento para Hekla y para él. Tal como la Princesa lo anticipara, dentro había un cúmulo de monedas de oro y de billetes de alta cotización.

Drogo no perdió el tiempo contando lo que estaba tomando. Simplemente, se llenó los bolsillos con la moneda extranjera y las de oro, además se apoderó de una gran parte del papel moneda de Kozan, aunque pensó que lo más probable era que iba a resultar inútil.

Después, por instrucciones de Hekla, registró la parte inferior de la caja, y allí encontró las joyas que habían pertenecido a la madre de la muchacha, que Drogo consideró muy valiosas.

Éstas proporcionarían a la Princesa, un capital con el cual vivir cuando se convirtiera en una refugiada. Eran demasiadas como para podérselas meter en los bolsillos, no obstante, había llevado consigo la funda de un cojín, que simulaba ser algo que hubiese tomado de otra parte del Palacio.

Metió las joyas dentro de ésta y cerró la caja.

En seguida, abrió la puerta del vestidor y salió del dormitorio.

Toda la operación, no le había llevado más de cuatro o cinco minutos, pero suponía que Maniu estaría ya impaciente. Cuando se reunió con él, Drogo no habló, sino que se limitó a hacerle un gesto con la cabeza para indicarle que había encontrado lo que buscaba.

—Vamos a los aposentos de la Princesa— indicó Maniu.

Drogo hubiera preferido escapar de inmediato, pero como Hekla les había ayudado tanto, él sentía que no podía desilusionarla.

Avanzaron por un largo pasillo hasta llegar a las habitaciones de Hekla.

La antesala ya había sido saqueada, así como gran parte del Dormitorio.

Sin embargo, Hekla les describió un vestidor, con roperos empotrados en la pared, que no resultaba demasiado visible.

Maniu y él tomaron toda la ropa que pudieron acomodar sobre sus brazos. Drogo encontró una capa forrada de piel y la cubrió con algunos vestidos sencillos que no hicieran que Hekla se mostrase demasiado llamativa cuando se los pusiera.

Maniu se llenó los bolsillos con ropa interior.

En ese instante, escucharon voces en el corredor y de inmediato cerraron las puertas.

Entonces, cuando un grupo de jóvenes irrumpió en la siguiente habitación, los dos hombres aprovecharon para escabullirse.

Avanzaron por varios pasillos de servicio, hasta que se encontraron en la parte trasera del Palacio.

Desde allí pudieron oír las voces de los que estaban saqueando las cavas en el sótano y, al fin, lograron salir al jardín por una puerta lateral.

La dificultad residía ahora en poder regresar a la casa sin que les arrebataran lo que habían podido rescatar del Palacio.

Pasaron junto a cuerpos tirados en la calle, sin saber si éstos estaban ebrios o muertos.

A Drogo le pareció un milagro el que llegasen sin ser molestados a la casa donde habían dejado a Hekla.

Todo parecía estar dentro de la normalidad. Las ventanas todavía tenían intactos los cristales y la puerta permanecía cerrada.

Entonces se sintió agradecido de que su Primo hubiera escogido una calle tranquila para vivir.

Maniu abrió la puerta trasera y, una vez dentro, Drogo dejó caer su carga junto a la escalera.

—¡Hekla!— llamó—. ¡Hekla!

Antes que él hubiera llegado arriba, ella abrió la puerta, emocionada y feliz. Cuando estuvieron juntos, le rodeó con los brazos.

—¡Gracias a Dios que estás bien! Estuve pidiendo a Dios que no te pasara nada.

Acto seguido, le ofreció sus labios, y él la besó con fuerza, como si hubiera regresado de la tumba.

Capítulo 4

LA Princesa pareció encantada con todo lo que habían llevado. Maniu se retiró a la cocina y entonces Drogo le mostró las joyas que rescató de la caja fuerte.

La expresión de Hekla resultó conmovedora.

Él sabía que estaba fascinada, no por el valor de las joyas, sino porque éstas habían pertenecido a su madre.

—No hubiera podido soportar que los revolucionarios se quedaran con ellas— dijo.

Drogo se abstuvo de informarla que quizá tuviera que venderlas. Empezó a contar el dinero obtenido de la caja. Había una considerable cantidad de moneda extranjera y decidió que tendría que ocultarlo muy bien para evitar que fuese robado.

Volvió la mirada y observó cómo Hekla acariciaba las joyas de su madre con un dedo y se preguntó en qué forma podría salvarla.

Después de haber visto los tumultos en las calles y el saqueo del Palacio, era más consciente que nunca de que la vida de la muchacha estaba en peligro.

«Necesito sacarla de aquí», pensó.

Al instante, se preguntó si aquello no sería más peligroso que dejarla donde estaba.

Una vez más, pensó en un Convento y diciéndole a Hekla que quería hablar con Maniu, bajó a la planta inferior.

Le encontró en la cocina, preparando la cena. Drogo se sentó en una de las sillas y expresó:

—Me hace falta su consejo, Maniu. Su Alteza dijo que no estaría a salvo en un Convento, mas no puedo evitar decidir que para ella eso sería mejor que tratar de escapar de Kozan.

Hizo una pausa y continuó:

—Si los revolucionarios nos encuentran, con toda seguridad que nos enviarán a Prisión.

Maniu miró hacia la puerta, como si temiera que Hekla les estuviera oyendo, y comentó:

—Escuché decir que algunos de los marchistas que se emborracharon anoche irrumpieron en un Convento y violaron a algunas de las Monjas.

Drogo apretó los labios y, poniéndose de pie, se acercó a la ventana que daba al patio.

En aquel momento comprendió que tenía que sacar a Hekla de allí, aunque eso le costara la vida.

La sola idea de que ella pudiera ser violada por unos facinerosos hizo que sintiera deseos de matarlos él solo.

Permaneció un buen rato junto a la ventana y Maniu continuó preparando la cena.

Por fin, Drogo tomó una decisión.

—Maniu, quiero que vayas al puerto y averigües si hay algún Barco que nos pueda llevar a un lugar seguro— le dijo.

Calló un momento antes de continuar diciendo:

—Sería prudente que llevara algo para aparentar que lo quiere vender. De este modo, si alguien está vigilando, no pensará que usted desea salir del país.

—Comprendo— dijo Maniu—. Llevaré una caja de frutas que encontré en la calle.

—Vaya de inmediato— sugirió Drogo—. No puedo sacar a Su Alteza de aquí hasta que oscurezca, pero, si encuentra un barco, yo hablaré personalmente con el Capitán.

Maniu se puso su chaqueta y, tomando la caja con frutas, se dirigió a la puerta trasera. Una vez que hubo salido, Drogo volvió a cerrar la puerta con el pasador.

En seguida fue a buscar a Hekla y se encontró con que ya se había puesto uno de los vestidos que trajeron del Palacio.

Estaba muy bonita y él comprendió que ella deseaba que se lo dijeran.

Se detuvo unos segundos para mirarla. Como si no pudiera evitarlo, ella se acercó a él y le tomó las solapas de la chaqueta con ambas manos.

—¿Qué has estado... planeando con Maniu?— preguntó con voz temerosa—. ¿No pensarás... dejarme aquí, verdad?

—No. Voy a llevarte conmigo— respondió Drogo—, sin embargo, tenemos que calcular que si los revolucionarios abrigan la menor sospecha de que tú piensas abandonar el país, vigilarán cada barco y cada camino con mucho cuidado.

—Quizás ellos piensan que yo… estoy con… papá— susurró Hekla.

Drogo estaba seguro de que para entonces los cabecillas de la revolución ya se habrían enterado de que la muchacha había abandonado el Palacio la noche anterior.

Como no quería asustarla, la hizo sentar en una silla y le dijo:

—Quiero informarte de cuáles son mis planes.

Ella juntó las manos como una niña y él supo que lo estaba escuchando.

—Mandé a Maniu al puerto para ver si hay algún barco que esté dispuesto a llevarnos— explicó.

Hizo una pausa y luego continuó:

—Si lo encontramos, quizá resulte muy incómodo, pero, por lo menos, te daría la oportunidad de llegar a Bulgaria o a cualquier otro país de los Balcanes. Más tarde, podrás reunirte con tu padre dondequiera que él esté.

Mientras hablaba, pensó que el Rey probablemente tendría la oportunidad de llegar a Rumania o, quizás a Rusia.

Sin lugar a dudas, los rusos le darían asilo, aun cuando hubieran sido los causantes de la revolución.

Los revolucionarios establecerían su propio gobierno y el Rey viviría en el exilio durante el resto de su vida.

Todo aquello era un cartabón demasiado conocido y Drogo deseó que, por el bien de Hekla, éste no se repitiera otra vez.

La Princesa permaneció en silencio durante algunos momentos y después habló:

—Nunca hemos tenido muy buenas relaciones con Bulgaria, así que si tengo que ir a un país que no sea el mío..., yo preferiría que fuera Grecia, o mejor aún..., Inglaterra.

Drogo la miró a los ojos.

—¿Me estás sugiriendo que te irías con la familia de tu madre?

—Si tú me llevas— dijo ella—. Sería maravilloso estar contigo, y yo no tendría miedo.

—¡Eso es imposible!— exclamó Drogo, pero después de hablar se preguntó si aquélla no sería la mejor solución.

De acuerdo a lo que ella había contado, nunca fue feliz en Kozan por causa de su madrastra y estaba seguro de que sus familiares ingleses la acogerían con beneplácito, pues sentirían pena por su situación.

Quizá la Reina Victoria se ofreciera ayudar al Rey a recobrar su Trono.

Todo esto cruzó por su mente.

En esos momentos, pudo ver la expresión en los expresivos ojos de Hekla y comprendió que le estaba leyendo el pensamiento.

Sobre todas las cosas, la Princesa deseaba que él la llevara a Inglaterra.

Por lo menos, ahora tenían el suficiente dinero para poderlo hacer, pensó él.

No obstante, era consciente de que no iba a resultar fácil encontrar un barco en el que viajar sin el riesgo de ser aprehendidos cuando se dirigieran a él.

Sin lugar a dudas, los revolucionarios estarían vigilando todos los buques que salieran de la capital con el fin de poder encontrar a la Princesa.

La apartarían de su lado y él sufriría lo que era conocido en los círculos diplomáticos como «un accidente desafortunado», que, en realidad, no sería sino un asesinato a sangre fría.

Era necesario que los secretos que llevaba consigo llegasen a Londres, mas no tenía idea de cómo los iba a llevar hasta allí.

Pensaba en sí mismo cuando Hekla sollozó.

—Te estoy... complicando la vida— balbuceó ella—. Quizá sea mejor si, después de todo, me llevas a un Convento.

Drogo se puso tenso y recordó lo que Maniu le había dicho. Además sabía que, aunque aquello no fuera verdad, ya no soportaría apartarse de Hekla.

—Esperemos a que Maniu regrese para analizar lo que nos tiene que decir— comentó.

Se detuvo un momento y después continuó:

—Mientras tanto, eleva una oración muy especial a San Vito y pídele que los ángeles nos cuiden y nos muestren el camino.

—Yo estuve rezando todo el tiempo mientras fueron al Palacio— aseguró Hekla.

—Y tus oraciones fueron escuchadas.

Mientras hablaba, Drogo miró las joyas que estaban sobre la cama.

—Será mejor que guardes todo eso otra vez en la bolsa y pensemos en la manera de llevárnoslas, así como la ropa que deseas trasladar al barco, si es que Maniu encuentra alguno.

—Lo encontrará, sé que lo hará— dijo Hekla con firmeza—, si pudiéramos consultar a un astrólogo, estoy segura de que nos diría que hoy las estrellas nos favorecen.

Drogo sonrió.

—Eso es lo que deseo creer— comentó—. Pero ahora te sugiero que descanses, por si esta noche tenemos que viajar.

Hekla se levantó de la silla en la que estaba sentada, cuando Drogo pasó cerca, puso su mano en la de él.

—Quiero quedarme... contigo... suplicó—. Cuando estoy sola, tengo miedo de perderte. Eres la única persona que queda en mi vida.

Drogo sabía que era verdad y, cuando pensó en ello, admitió lo valiente que estaba siendo la muchacha. Todo su mundo se había derrumbado a su alrededor y estaba muy sola.

La puso un brazo alrededor de los hombros con mucha ternura.

—No te voy a abandonar— prometió—. Como tú lo dices, las estrellas están a nuestro favor y, sin lugar a dudas, los ángeles nos guían.

Bajaron por la escalera tomados del brazo.

Drogo quería besarla, pero sabía que sería un error.

En el comedor encontraron una baraja de cartas y se pusieron a jugar. Eran juegos demasiado simples e hicieron que Hekla riera. Aquello la hizo parecer muy joven y tan encantadora que a Drogo le costó un gran esfuerzo no tomarla en sus brazos.

Deseaba besarla hasta que los dos volvieran a sentir el éxtasis que experimentaron cuando él la había besado antes.

Sin embargo, se dijo que aquello sólo haría que todo fuera más difícil cuando finalmente tuvieran que separarse.

Hekla tenía que vivir su vida como una Princesa Real, con o sin un Trono.

El tenía que reunir de alguna manera la gran cantidad de dinero que debía en Inglaterra.

«Una vez que ella se encuentre con su familia, yo regresaré a mi Regimiento», pensó.

Una hora más tarde, Drogo escuchó que llamaban a la puerta.

Hizo a un lado las cartas y bajó de inmediato a la cocina. Cuando abrió la puerta y vio a Maniu, sintió que mil preguntas acudían a su mente.

—¿Tuvo suerte?

—Tengo buenas noticias, señor— respondió Maniu.

Los dos se alejaron de la puerta, como si temieran que alguien pudiera escucharlos. Maniu dijo:

—Todos los Barcos están saliendo del Puerto— colocó en el suelo la caja de frutas medio vacía—. Todos, excepto los rusos. Los demás temen las consecuencias de la revolución.

Calló, pero Drogo sabía que aquello no era todo.

—¡Continúe!— le apremió.

—Hay un barco que quizá nos ayude. Es un carguero que está embarcando madera en el muelle y no zarpará hasta muy tarde esta noche.

—¿Y cree usted que aceptarán llevarnos?— preguntó Drogo.

Hubo una pequeña pausa antes de que Maniu respondiera:

—No estoy seguro. El Capitán es un hombre muy extraño, que rechazó a muchos mientras yo escuchaba.

—¿Por qué los rechazó?

—Ellos le ofrecieron mucho dinero, mas él dijo que no eran adecuados.

No entiendo.

—El Capitán no es inglés, sino escocés, y encontró muchos defectos en quienes querían pagar por un pasaje en el barco.

—¿Qué quiere decir con que encontró defectos?— preguntó Drogo.

De pronto se dio cuenta de que el sirviente tampoco comprendía por qué el Capitán se mostraba tan difícil.

—¿Qué dijo el Capitán?— insistió.

—A un hombre le dijo que no le gustaban los extranjeros.

Drogo sintió que el corazón se le detenía.

—¿Dijo algo más?— inquirió con impaciencia.

—A una dama muy bonita y elegante le dijo que no llevaba a mujeres porque causaban problemas.

—¿Ella estaba sola?— preguntó Drogo.

—Sí, señor.

Drogo permaneció en silencio por un momento. Luego, dijo:

—Voy a ir a ver a ese escocés. Creo poderlo convencer de que nos lleve a la Princesa y a mí.

—Ustedes hablan el mismo idioma y quizá eso haga que todo sea diferente— opinó Maniu.

—Voy ahora mismo— dijo Drogo—. Cuide de la Princesa y dígale que regresaré lo antes posible.

Tomó la gorra rusa que usara durante la visita al Palacio y se la puso.

Le preguntó a Maniu dónde se encontraba el barco exactamente y salió caminando en la dirección indicada, ya que sabía que el correr haría que se fijaran en él.

Cada vez que se encontraba con alguien sospechoso, andaba de manera un tanto inestable, como si estuviera ebrio. Por instrucciones de Maniu, evitó pasar por las calles más concurridas.

Le llevó cerca de media hora llegar al puerto. Cuando lo hizo, comprobó que Maniu estaba en lo cierto al decir que la mayoría de los barcos ya habían zarpado.

Aún se veían varias naves rusas y, al final del muelle, divisó un carguero que enarbolaba la bandera Inglesa.

Drogo se acercó muy despacio, intentando descubrir si el barco estaba siendo vigilado.

Sobre la cubierta, vio a un hombre que llevaba una vieja gorra naval y supuso que sería el Capitán, ciertamente, parecía ser escocés, ya que como tal lo delataba una barba roja brillante con algunas canas.

Era un hombre robusto, con hombros muy anchos y brazos musculosos que terminaban en enormes manos.

Con las piernas abiertas, el Capitán le estaba gritando a un hombre que parecía ser griego:

—¡No me importa si usted tiene uno o mil barcos propios! ¡No le voy a llevar en el mío y esa es mi última palabra!

El griego volvió a hablar en voz baja y era obvio que había aumentado la oferta de dinero por un pasaje.

El Capitán se dio la vuelta.

—¡Quédese con su dinero y abandone mi barco, que lo bajen a la fuerza!

El Capitán se alejó y el griego se deslizó por la pasarela con una expresión desolada en el rostro.

Cuando pasó junto a él, Drogo le dijo en griego:

—Siento mucho no poder ayudarle, señor, pero, ¿sería tan amable de decirme el nombre del Capitán con el que usted ha estado hablando?

Por un momento, pensó que el griego no le iba a responder, mas sí lo hizo.

—Es el Capitán McKay y es inútil tratar de conseguir pasaje en su asqueroso barco.

El hombre se alejó y Drogo subió por la pasarela.

Para entonces, el Capitán McKay les estaba gritando a los hombres que manejaban la carga, instándoles que se dieran prisa, pues quería zarpar lo antes posible.

Drogo esperó a que terminara de hablar para acercarse a él.

—Buenas tardes, Capitán McKay— saludó con un ligero acento escocés.

—¿Quién es usted y qué quiere?— preguntó el Capitán de una manera agresiva.

—Como escocés, le pido su ayuda— respondió Drogo.

—¿Escocés?— preguntó el Capitán con sospecha.

—Mi madre fue una McKay— respondió Drogo—, y en su nombre le pido que me escuche.

Hubo una pausa y él se percató de que el Capitán estaba deliberando consigo mismo si debía ignorarle o escuchar.

Por fin le miró fijamente y dijo:

—Dice que su madre era una McKay. ¿De dónde procede ella?

—Los McKay están en muchas partes del mundo— contestó Drogo— Mi madre vivió en Tongue, que, como sabe, queda en Sutherland, hasta que se casó con mi padre.

El Capitán le observó por unos segundos y después le extendió la mano.

—Yo también vengo de Tongue— comunicó—, y me alegro de encontrarme con otro escocés en esta maldita parte del mundo.

—Y a mí me encanta conocerle a usted— sonrió Drogo.

—¿De qué manera puedo ayudarle?— preguntó el Capitán.

—¿Hay algún lugar donde podamos hablar en privado?— sugirió Drogo—. Los revolucionarios tienen orejas muy largas.

El Capitán caminó hacia el otro lado del barco. Drogo le siguió e, intencionadamente miró hacia todas partes antes de hablar:

—Estoy seguro de que puedo confiar en usted. Es de suma importancia que yo pueda regresar a Inglaterra, o por lo menos, llegar a un país donde exista una Embajada Británica.

Habló de una manera autoritaria, que estaba seguro iba a impresionar al Capitán, cuando vio que éste miraba con interés su desgarrada ropa le explicó en voz baja:

—Estoy disfrazado. Los rusos me han seguido desde muy lejos hasta Kozan.

Mientras hablaba, sabía que se estaba arriesgando al confiar en el Capitán.

Entonces, éste preguntó:

—¿A dónde quiere que le lleve?— Lo más lejos y lo más pronto posible.

El Capitán McKay asintió con la cabeza.

—Partiré tan pronto como la carga esté a bordo.

—Le estaré muy agradecido— expresó Drogo—. Hace dos noches, cuando llegué aquí para encontrarme con mi esposa, tal y como lo habíamos planeado, todo estaba en calma. La revolución estalló en las últimas veinticuatro horas.

Observó que el Capitán se había puesto tenso.

—¿Esposa? ¿Tiene a su esposa con usted?

—Hace tres meses hice arreglos para que nos encontráramos aquí y no tuvimos problemas hasta que estalló la revolución. Entonces quise ponerme en contacto con la Embajada Británica, pero estaba clausurada.

—Eso no me sorprende— espetó el Capitán McKay—. Las ratas siempre abandonan el barco que se hunde.

—Es muy importante que yo llegue a otra Embajada lo antes posible— afirmó Drogo.

Estaba seguro de que el Capitán iba a estar de acuerdo, pero éste preguntó:

—¿Está seguro de que la mujer que está con usted es su esposa? Yo no llevo prostitutas a bordo de mi barco. Soy un hombre temeroso de Dios, así que traigan su certificado de matrimonio o se quedan en tierra.

El Capitán se mostraba tajante una vez más. Y Drogo repuso con calma:

—Eso no será ningún problema. Supongo que mi esposa tendrá su certificado de matrimonio consigo y su nombre aparece en mi pasaporte, el cual está firmado por el Secretario de Asuntos Exteriores de Su Majestad.

—Entonces, traigan con ustedes los dos documentos, y quiero doscientas libras por los dos antes de que les deje entrar en el único camarote disponible que tengo.

Era una cantidad astronómica por un pasaje en un barco de carga y ambos lo sabían.

Deliberadamente, Drogo hizo una pausa antes de decir:

—Creo poder reunir una cantidad tan elevada, pero quizá signifique que no pueda subir a bordo hasta dentro de unas tres o cuatro horas.

—Yo no zarparé antes de la media noche con esta gente que trabaja tan lenta. ¡Me están volviendo loco!

—Le estoy muy agradecido, Capitán McKay— dijo Drogo—. Si alguien le pregunta acerca de sus pasajeros, confío en que, como hombre de honor, usted no mencionará que lleva un británico a bordo.

Se detuvo para aspirar y después continuó:

—Las personas con quienes he tenido contacto en este país piensan que tengo sangre rusa en mis venas.

—Puede confiar en mí— aseguró el Capitán.

Se estrecharon las manos y el Capitán McKay escoltó a Drogo hasta la pasarela.

Mientras se alejaba, Drogo sabía que el Capitán le estaba observando y pidió porque no cambiara de parecer.

Regresó por el mismo camino que le había llevado hasta el barco. Por fin vislumbró la casita de su primo.

La calle estaba todavía tranquila y deseó que permaneciera así hasta que Hekla y él se hubieran marchado.

Llamó a la puerta del patio y cuando Maniu la abrió, se dirigió hacia la cocina, donde le esperaba la Princesa, que se abalanzó sobre él, llorando.

—¿Por qué no me dijiste que ibas a salir? ¿Cómo pudiste... salir así? ¡Pensé que te... había perdido!

—No me has perdido— contestó Drogo con calma—, y tengo buenas noticias. Hay un barco en la bahía que nos sacará de aquí.

—¿Un barco? Entonces, estamos de suerte.

—De mucha suerte— repitió Drogo—. Ahora, ven conmigo arriba para que me ayudes, pues tengo algo muy importante qué hacer.

Ella salió de la cocina antes que él y Drogo se detuvo un momento para decirle a Maniu:

—Gracias. Era nuestra única oportunidad y he convencido al Capitán de que nos lleve.

—Esas son buenas noticias— expresó Maniu—, pero mientras usted estaba fuera, yo recibí una muy lamentable.

—¿De qué se trata?— preguntó Drogo—. Los marchistas rojos han asesinado al Rey.

Drogo se quedó inmóvil.

—¿Está seguro?

—Están gritándolo en la plaza y han quemado el Trono que sacaron del Palacio.

Drogo se alejó.

Decididamente, había un solo lugar donde Hekla estaría a salvo, y ese lugar era Inglaterra.

Ella le esperaba en el salón.

Se percató de que aún estaba pálida y decidió no decirle nada acerca de su padre.

Drogo habló:

—Ahora tenemos que ser muy prudentes y tengo el presentimiento de que tú harás esto mejor que yo.

—¿Qué cosa?

Drogo introdujo la mano en un bolsillo secreto de su chaqueta. Extrajo una serie de papeles y buscó entre ellos hasta que encontró lo que buscaba.

Era un pasaporte a nombre de Drogo Forde.

Estaba firmado por el Conde de Derby y escrito a mano con la letra florida de los empleados de la Oficina del Exterior.

Drogo lo puso sobre la mesa y, cuando Hekla lo miró, indicó:

—Quiero que copies la letra y añadas tu nombre como mi esposa, pero sería un error llamarte Hekla, pues alguien podría asociar ese nombre con el de la Princesa de Kozan.

Hekla sonrió.

—También me bautizaron como Sofía por mi abuela, Lillian por mi madre y Teresa por la Santa.

Drogo rió.

—Muy impresionante; pero, en esta ocasión, es muy importante que tengas un nombre inglés y otro escocés.

Sonriendo, continuó:

—Así que sugiero que te llamemos Lillian, por tu madre y Janet, nombre muy escocés que estoy seguro le traerá recuerdos al Capitán McKay.

Hekla pareció no entender y Drogo le explicó:

—El Capitán es un escocés recalcitrante, así que nosotros tenemos que serlo también. Es más, tú eres Janet Ross, cuya familia vive no muy lejos de la suya, y te encanta el norte de Escocia.

Hekla rió divertida.

—Tendrás que explicarme qué es lo que me encanta de allí.

—Lo haré— dijo Drogo—, pero tendrás que comportarte muy hábilmente para que el Capitán McKay no tenga la menor sospecha de que no eres sino una chica escocesa, más bien tímida, que ama mucho a su esposo.

Habló sin pensar, pero cuando vio la expresión en los ojos de Hekla comprendió que había cometido un error.

—Yo sí... te amo— dijo ella—. Cuando te alejaste hace un rato, yo... comprendí que... te amo con todo el corazón y que si no regresabas... querría morir.

—¡No debes hablar así!— exclamó Drogo—. Debes recordar que eres una Princesa Real y ya sea aquí o en Inglaterra, nosotros nunca podremos ser más que dos barcos que se cruzan en la oscuridad.

—¿Por qué? ¿Por qué?— preguntó ansiosa—. Yo te amo y cuando me besaste, fue como si... hubiera llegado al cielo, que es donde... anhelo estar.

Drogo cruzó la habitación y se detuvo junto a la ventana para mirar hacia afuera.

—Cómo puedo hacerte entender— preguntó— que una Princesa de noble estirpe no puede, ni debe interesarse por un plebeyo?

—Mi abuela materna tenía sangre inglesa y se casó con un plebeyo— protestó Hekla.

—Él era un Duque, que es algo muy diferente rectificó Drogo—, y ella no era la hija de un Rey.

Hekla fue junto a él.

—¿Si no existiera ese problema, te… casarías conmigo?— preguntó con voz muy débil.

—Es una pregunta que no estoy preparado para responder— aseguró Drogo—. Cuanto más pronto lleguemos a Inglaterra y pueda entregarte a tu familia, será mejor.

Hizo una pausa y después indicó:

—Ahora, siéntate y escribe lo que te he dicho.

Por la tensión del esfuerzo que estaba haciendo para vencer sus propios sentimientos, habló con más dureza de lo que deseaba. Como Hekla no respondió, se volvió para mirarla.

Descubrió una expresión de temor en su rostro, y los ojos bañados por las lágrimas.

Por un momento, Drogo se mantuvo inmóvil.

Entonces, cuando ella sollozó, él ya no pudo contenerse más. La abrazó y la besó, no con delicadeza, sino con vehemencia y de una manera exigente.

Él sabía que lo que estaba haciendo era una equivocación, pero todo su ser le gritaba que la amaba como jamás había pensado que sería posible amar a una mujer.

Capítulo 5

LA campana del reloj que estaba sobre la chimenea hizo que Drogo volviera a la realidad. Entonces, apartó sus labios de los de Hekla y le dijo:

—No debemos perder tiempo.

Ella se mostraba radiante. Sus ojos tenían un brillo especial; los labios la temblaban por el ardor de los besos, y todo su ser parecía palpitar de amor, incitándole a no apartarse de su lado.

—En cuanto termines con el pasaporte, tenemos que hacer las maletas— añadió y sin volverse para mirarla, bajó a buscar a Maniu.

El sirviente estaba en la cocina, preparando la cena.

—Escúcheme, Maniu— dijo Drogo—. El Capitán del barco me ha pedido nuestro certificado de matrimonio. Yo tengo que sacar a Su Alteza de aquí, pero me temo que, si no le muestro ese documento se negará a llevarnos.

—Es muy importante que Su Alteza escape pronto, señor. La gente, en el mercado ya se está preguntando dónde puede hallarse la Princesa.

Drogo sintió miedo ante la idea de poder fallar.

—Necesito conseguir un certificado de matrimonio comentó.

Se sintió indefenso y se preguntó cómo iba a obtenerlo en tan poco tiempo. Para sorpresa suya, Maniu se echó a reír.

—Yo arreglaré eso— ofreció—. Conozco a un sacerdote que es muy viejo y también muy generoso.

Los ojos de Drogo se iluminaron.

—Pídale que nos dé su bendición— expresó—, y mientras lo hace, vea la posibilidad de sacar un certificado de matrimonio del Registro. Él debe de tener alguno en su Iglesia.

Ese sacerdote tiene una Capilla pequeña no lejos de los muelles.

Drogo suspiró aliviado.

—Nos daremos prisa para hacer el equipaje mientras usted regresa.

—Primero, coman— recomendó Maniu—. La comida en el barco no va a ser buena.

Drogo sabía que aquello era verdad y comprendió la conveniencia de comer algo antes de salir.

En seguida comentó:

—Debemos llevar con nosotros toda la ropa que podamos. Me preguntó cómo la vamos a cargar. Comprendía que caminar por las calles con cualquier tipo de cargamento significaba atraer la atención. Maniu pensó por un momento y después sugirió:

—Métala en las fundas de las almohadas de las camas.

Drogo rió.

—¡Es usted un genio, Maniu! Esas fundas parecerán los sacos de un Marino. Esperemos que nadie se fije demasiado en ellas.

Subió y llamó a la puerta de la habitación que ocupaba Hekla, y la encontró colocando su ropa sobre la cama.

Ambos se miraron un momento, pero Drogo la apremió:

—Tenemos que apurarnos. Maniu ha tenido la buena idea de poner todo dentro de las fundas de las almohadas. Así llamará mucho menos la atención que si lo hacemos en baúles.

—Por supuesto. Estoy segura de que existirá un armario con ropa blanca en alguna parte.

Drogo salió al pasillo y lo encontró. Adentro había tres fundas y las llevó a la habitación.

—Mete lo más posible— dijo él—. Yo voy a aumentar mi propio guardarropa, que por el momento es un tanto limitado.

Abrió un ropero y continuó:

—Pienso que, si mi primo llegara a regresar, es muy probable que, de todas las maneras, ya no encuentre nada en la casa.

—Debes decirle a Maniu que tome lo que quiera sugirió Hekla—. Él es tan honrado, que no lo haría si tú no se lo ofreces.

—Muy bien pensado— aceptó Drogo.

Ella sonrió, como si se sintiera complacida, y él añadió:

—Es más, debes saber que te estás comportando como muy pocas mujeres lo hubieran hecho en estas circunstancias.

Hekla le extendió la mano, pero él se alejó.

—Tenemos que apresurarnos.

Ella comenzó a doblar su ropa para poder meterla en una funda.

Drogo tomó varias prendas de su primo con el objeto de mostrarse más presentable hasta llegar a Inglaterra.

La tercera funda quedó casi completamente llena con la capa forrada de piel que había recogido en el Palacio.

—Quizá sea mejor que me la ponga— sugirió ella.

—Tengo otra idea— respondió Drogo.

Miró el cubre camas y vio que era amarillo. Sabía que cuando caminaran por las calles oscuras éste se vería negro. Lo quitó de la cama y se lo llevó a Hekla.

—Esto es lo que te vas a poner— dijo él—. Ponte toda la ropa que puedas debajo.

Ella le miró sorprendida y Drogo la explicó.

—Parecerás una mujer musulmana y como los musulmanes protegen a sus mujeres, dudo que algún revolucionario se atreva a robarte.

Hekla aplaudió.

—¡Es una gran idea! Si alguien nos ve, yo caminaré detrás de ti, como acostumbran a hacer las mujeres musulmanas.

Drogo miró el reloj.

—Tenemos que salir en quince minutos, pues hay algo que debemos hacer en el camino.

Hekla le miró y él explicó:

—Trataremos de obtener un certificado de matrimonio, ya que el Capitán insiste en verlo. Es un escocés y como él dice, un hombre temeroso de Dios.

Drogo imitó el acento del Capitán y Hekla rió. Entonces él insistió:

—Procuremos tener mucho cuidado. Recuerda que es preciso llevarte a un lugar seguro. Si este barco zarpa sin nosotros, quizá no haya otra oportunidad.

—Prometo hacer todo cuanto me digas— ofreció Hekla.

—Bien. Ahora, date prisa.

Llevó las bolsas a la planta baja y las dejó en el vestíbulo.

Cuando Hekla se reunió con él, ambos entraron en el comedor, donde Maniu les tenía preparado algo de comer.

Cuando se levantaron de la mesa, Drogo le dijo a Maniu:

—Creo que es hora de salir. Usted y yo llevaremos las bolsas y Su Alteza, vestida como una musulmana, caminará detrás de nosotros.

Mientras hablaba, Drogo sacó de su bolsillo diez monedas de oro de las que había tomado del Palacio.

—Son para usted, Maniu— dijo—, como agradecimiento por todo cuanto ha hecho por nosotros.

—Es demasiado, señor— contestó Maniu—. Ustedes necesitan el dinero para el viaje.

—Tenemos lo suficiente— repuso Drogo con una sonrisa—. Su Alteza ha sugerido que usted tome todo cuanto quiera de esta casa, ya que estamos seguros de que los saqueadores llegarán aquí antes de que el orden sea restablecido bajo un nuevo Gobierno.

Maniu asintió y Drogo continuó:

—Mi caballo también es suyo. Yo sé que lo cuidará bien.

—Lo llevaré a la casa de mi padre en el campo. Allí estará a salvo.

—Espero que usted también lo esté— dijo Drogo—, y ahora, creo que debemos irnos.

Drogo miró por última vez a su alrededor para cerciorarse de que no se les olvidaba nada. Después, pasó al vestíbulo y cargó con dos bolsas. Las puso sobre sus hombros y Maniu tomó la tercera.

Para entonces ya había oscurecido y las estrellas comenzaban a brillar.

La calle estaba desierta y, mientras caminaban, pudieron ver luces en las ventanas de algunas de las casas más grandes. Los saqueadores ya habían entrado en ellas.

Avanzaron rápido y en silencio, deteniéndose dos veces bajo las sombras cuando observaron que alguien se acercaba.

Cerca del puerto, Maniu dio la vuelta en una callecita. Caminó unos pasos más y se detuvo delante de un edificio que a Drogo le pareció una pequeña Iglesia.

Maniu habló ahora por primera vez.

—Espere aquí, señor— indicó, en voz muy baja—, yo hablaré con el sacerdote antes de que ustedes entren en la Capilla.

Drogo asintió.

—¿Tienes miedo, mi amor?— preguntó a Hekla.

—Me siento segura si estoy contigo— respondió ella—. Rezo porque... podamos escapar.

Drogo estaba a punto de responder cuando Maniu salió de la Capilla y cerró la puerta.

—El sacerdote les espera— anunció—. Él tiene el registro.

—Gracias— repuso la pareja al unísono.

Maniu los guió hacia otra puerta que conducía al interior del edificio.

Se trataba de una Capilla muy pequeña, tanto que no podía albergar a más de una docena de personas.

Sin embargo, el altar era muy bello, y las siete lámparas de plata hicieron entender a Drogo que se trataba de una Iglesia ortodoxa, griega o rusa.

Cuando entraron, el sacerdote, que tal y como Maniu había dicho era muy anciano, se dirigió hacia ellos desde el altar.

Drogo y Hekla se arrodillaron.

El sacerdote comenzó a pronunciar una oración en griego. Lo hacía tan lentamente, que Drogo comenzó a preocuparse de no llegar a tiempo al barco.

Estaba pensando en el tramo que aún faltaba por recorrer, cuando se dio cuenta de que Hekla le ofrecía algo. Cuando lo vio, observó que se trataba de un anillo de bodas.

Con sorpresa advirtió que el viejo sacerdote no sólo los estaba bendiciendo, sino que los estaba casando.

Por un momento pensó si debería detener la ceremonia.

No obstante, comenzó a decir en kozanio:

—Yo, Drogo, te tomo a tí, Lillian, como mi esposa...

El sacerdote tomó el anillo de Hekla, lo bendijo y se lo entregó para que se lo pusiera en el dedo a la muchacha.

Lo único que pudo hacer Drogo fue obedecer al sacerdote y aceptar el hecho de que se estaba casando con una Princesa Real.

Acudió a su mente la idea de que jamás lo aceptarían como a su legítimo esposo. Entonces se dijo que aquello sería lo que en el futuro la liberaría de un matrimonio que estaba teniendo lugar, sólo porque se encontraban en una situación desesperada.

Sintió cómo a la joven la temblaba la mano cuando colocó el anillo en su dedo anular.

Entonces, ella se asió firmemente de su mano cuando el sacerdote dijo la oración que los convertía en marido y mujer para toda la vida.

Cuando se incorporaron, Maniu sostuvo el registro para que ellos pudieran firmarlo.

Hekla lo hizo primero y Drogo advirtió que a su nombre añadía el de Bela Ross.

Supuso que Bela, además de ser el nombre del valle de las uvas, quizá fuera uno de los títulos del Rey, al cual ella tenía derecho.

Aquello quizá hiciera más difícil anular el matrimonio, mas nada podía hacer por el momento.

Estampó su propio nombre y el sacerdote el suyo.

Entonces, el anciano se arrodilló ante el altar y Drogo comprendió que ya se podían retirar.

Maniu tomó el certificado y lo iba a guardar cuando Drogo le detuvo. Le llevó sólo unos segundos cambiar la fecha de 1887 por la de 1885.

Aquello convencería al Capitán McKay de que llevaban dos años casados.

Depositó una moneda de oro sobre el libro del registro y los tres se dispusieron a salir de la Capilla.

Cuando Drogo se disponía a cargar las dos bolsas, observó que Hekla se arrodillaba una vez más y hacía la señal de la cruz.

La expresión de su rostro dejaba ver que estaba viviendo una profunda emoción que la venía del alma.

«La amo», se dijo. «Ojalá pudiera ser mi verdadera esposa, sin embargo, eso es completamente imposible».

No obstante, por el momento lo único que importaba era poder escapar.

Salió de la Capilla seguido por Hekla y Maniu cerró la puerta.

La luna ahora parecía más brillante que cuando salieron de la casita por lo que caminaron con paso acelerado.

El barco seguía atracado en el mismo lugar, pero ahora, sobre la cubierta, se veía muy poca actividad.

Para alivio de Drogo, la pasarela aún continuaba puesta.

Cuando llegaron junto a ésta, vio al Capitán, que salió a cubierta.

Drogo subió primero.

El marino llevaba puesta una chaqueta blanca y parecía más limpio y más autoritario que antes.

—Buenas noches, Capitán— saludó Drogo—. Permítame presentarle a mi esposa. Viene vestida como una musulmana, pues la disfrazamos por si acaso nos encontrábamos con algunos de los revolucionarios.

—Muy bien, señor Forde— dijo el Capitán—, ahora, déjenme ver su pasaporte y su certificado de matrimonio antes de que den un paso más.

—Aquí los tengo— contestó Drogo con serenidad.

Le entregó los dos papeles al Capitán, quien salió a la luz de la luna para poder verlos con mayor claridad.

Drogo se puso tenso mientras esperaba por lo que le parecía ser un tiempo muy largo, hasta que el Capitán expresó:

—Como todo parece estar en orden, señor Forde, permítame darle la bienvenida a usted y a la señora Forde a bordo de mi barco.

Y extendió la mano mientras hablaba, y tanto Drogo como Hekla se la estrecharon.

Luego miró hacia Maniu.

—Él es mi sirviente personal— explicó Drogo—, y vino para ayudarnos a cargar el equipaje.

Mientras hablaba, tomó la bolsa que cargaba Maniu y le extendió la mano.

—Adiós, Maniu— se despidió—. Le estoy más agradecido de lo que las palabras pueden expresar y espero volver a verle algún día.

—Que Dios los acompañe, señor— respondió Maniu. Hizo una reverencia a Hekla y se dirigió a la pasarela.

—Vengan conmigo— indicó el Capitán.

En cuanto bajaron, Drogo se dio cuenta de que el espacio de los camarotes era bastante reducido y pensó que probablemente Hekla se sentiría incómoda.

El Capitán se detuvo bajo la luz de una lámpara.

—Hay algo que todavía no me ha dado, señor Forde.

Por un momento, Drogo no pudo recordar de qué se trataba; segundos después pensó en el dinero.

Él ya había separado el equivalente a doscientas libras en diferentes monedas extranjeras.

Mientras las contaba, sintió tener que deshacerse de tanto dinero, sin embargo, sabía que, en cuanto las noticias de la revolución llegaran a otros países, el dinero de Kozania ya no tendría ningún valor.

—Cuando lo cuente, Capitán— dijo él—, verá que he sido muy honesto, y quizás hasta un poco generoso.

El Capitán miró el contenido del sobre que Drogo le entregó.

—Creo que, como escocés, puedo confiar en usted, señor Forde— repuso—. Claro, si me engaña, siempre podré lanzarlo a los tiburones.

Drogo rió ante esas palabras de pésimo humor.

—Haré todo lo que pueda para evitarlo.

—Pensé que así sería— señaló el Capitán.

Siguió caminando y abrió una puerta al final del pasillo.

Cuando Drogo vio el camarote, comprendió por qué era tan costoso. A cambio de las doscientas libras el Capitán les estaba cediendo su propio hogar. En lugar de las incomodidades comunes en un barco de carga, el camarote del Capitán McKay era un pedacito de Escocia que él llevaba consigo en sus viajes. Drogo miró en torno suyo y admitió entonces la razón por la que se había negado a que otras personas, a quienes él consideraba como extranjeras, lo ocuparan.

Destacaba una cama marinera que parecía más grande y mejor hecha que las que acostumbran a usar los Capitanes de barcos y la cubría una colcha de parches, posiblemente confeccionada por manos escocesas.

Las claraboyas estaban cubiertas por cortinas hechas con tela del tartán de los McKay y, aunque un poco gastadas, aún mostraban el verde brillante de su tintura vegetal.

El mismo tartán cubría el suelo.

A ambos lados de la cama había unos tapetes hechos con piel de gato montés y sobre las paredes aparecían varias cornamentas de ciervo.

Era obvio que, aun cuando las exigencias de su profesión mantuvieran al Capitán alejado de su tierra, su corazón permanecía en Escocia; y no era de extrañar que llevase un pedacito de su país adonde quiera que fuese.

Drogo se sintió conmovido por lo que estaba viendo y permaneció un momento en silencio antes de expresar:

—Me siento un tanto apenado, pero a la vez muy honrado de que mi esposa y yo podamos usar su camarote.

—Tengan mucho cuidado con todo— recomendó el Capitán—. Cualquier daño, por pequeño que sea, tendrá que ser pagado.

—No habrá ningún daño— prometió Drogo con calma—. Y gracias una vez más por dejarnos usar su camarote.

—Bueno, ahora que ya están a bordo— dijo el Capitán—, nos haremos a la mar de inmediato.

—¿A dónde iremos primero?— preguntó Drogo.

—Vamos a todo vapor hacia Alejandría— repuso el Capitán—, y no pienso detenerme en camino por usted ni por nadie. Ya estoy retrasado en mis compromisos.

Salió de la cabina, cerró la puerta y se escucharon sus pasos que se alejaban por el pasillo.

Poco después, comenzó a gritar sus órdenes.

Hekla exhaló un suspiro y se sentó al borde de la cama.

—¡Lo hemos logrado!— gritó—. ¡Hemos escapado! ¡Yo tenía mucho miedo de que algo nos lo impidiera en el último instante!

—Yo también— respondió Drogo—. Pero gracias a Maniu tenemos el certificado de matrimonio.

Mientras hablaba, escucharon el ruido de las máquinas que comenzaban a funcionar, y él se sentó en una silla.

Miró a Hekla y se dio cuenta de lo bella que estaba.

Debajo de su disfraz, del cual ya se había despojado, vestía una chaqueta corta confeccionada en raso y bordada al estilo oriental con un complicado diseño de perlas y otras piedras preciosas.

Drogo le advirtió:

—Esa chaqueta es algo que no debes usar a bordo de este barco.

—¿Por qué no?— preguntó ella.

—Porque es una prenda que un pobre soldado jamás podría comprarle a su esposa.

Hekla rió con un sonido muy agradable.

—No había pensado en ello. Si parece muy llamativa, entonces me la pondré al revés.

Y rió una vez más, pero Drogo permaneció muy serio.

—Escúchame Hekla— pidió—. Lo que voy a decirte es algo muy importante...

—¿Por qué estás tan triste?— le interrumpió ella—.

—¡Hemos logrado escapar! Los revolucionarios quedaron atrás y ya no podrán encontrarme.

Lanzó un gritito de regocijo.

—Somos libres, Drogo— añadió—, libres, y ya nadie me puede… matar o mandarme a la cárcel.

—Sí, ya estás libre de los revolucionarios— aceptó él—, pero no de mí.

Ella le miró como si no comprendiera y él se explicó:

—Estoy seguro de que sabes que el sacerdote nos casó, en lugar de darnos simplemente la bendición como yo se lo había pedido.

—Así es— dijo Hekla—, y me alegro mucho de haber llevado el anillo de matrimonio de mamá conmigo.

Drogo permaneció en silencio un momento y después habló:

—Hay dos cosas que tú y yo podemos hacer cuando lleguemos a Alejandría.

—¿Qué cosas?— preguntó Hekla un poco inquieta.

—Podemos olvidarnos de ese matrimonio, romper el certificado y hacernos a la idea de que jamás ocurrió, o…

—Si lo hacemos y alguno de los dos se casa después con otra persona estaría cometiendo bigamia— le interrumpió Hekla—. Yo soy tu esposa y tú eres mi esposo.

Drogo apartó la mirada.

—Comprendes tan bien como yo— dijo Drogo—, que es imposible que tú, como Princesa Real, te cases con un plebeyo.

—Sin embargo, ya estamos casados.

—Porque era la única manera en que yo podía salvarte de una situación muy peligrosa.

—¿Tratas de decirme que… tú no quieres… estar casado conmigo?— preguntó Hekla.

—Te estoy diciendo— continuó Drogo—, que es algo que no podemos aceptar como válido. Nos vimos precisados a hacerlo y el matrimonio se efectuó en circunstancias muy peculiares y por consiguiente, tenemos que anularlo.

Hubo un silencio tras el cual Hekla preguntó:

—¿Y si yo… no quiero… anularlo?

—No tendrás otra alternativa— manifestó Drogo—, y eso te lo dirán tus parientes en cuanto lleguemos a Inglaterra.

—Ellos no pertenecen a la realeza, así que no les importa.

—Comprenderás que lo que hicimos fue para salvar tu vida. Una vez que lleguemos a Inglaterra, volverás a ser la Princesa Hekla de Kozan y serás recibida por la Reina, aunque tu país todavía esté en manos de los revolucionarios.

Hubo un silencio y después la Princesa dijo:

—Mientras tanto… estoy aquí contigo y soy… tu esposa.

—De eso quiero hablarte.

Hekla le miró, pero él apartó la vista.

—Si aceptamos que el matrimonio tuvo lugar— insistió él—, entonces éste tendrá que ser anulado.

Aspiró antes de continuar:

—Por lo tanto, Hekla, debemos comportarnos de una manera muy especial, para que ambos podamos jurar que tú sigues siendo pura cuando se pida la anulación.

—Pero yo no quiero que el matrimonio sea anulado— protestó Hekla.

—Será necesario hacerlo.

Se miraron muy callados, hasta que Hekla habló con voz muy diferente:

—Cuando me besaste, yo pensé que... me amabas.

Como tenía miedo de volver a perder la cabeza, Drogo intervino de inmediato:

—¡Sí, te amo! ¡Claro que te amo! Pero...

—¿Me... amas? ¿Es verdad que me amas?

—¿Cómo podría no hacerlo?— preguntó Drogo—. Mas tienes que ser sensata, mi amor. Aunque yo pasara por alto que tú eres una Princesa Real, para mí es imposible tener una esposa.

—¿Por qué?

—Porque, debido a la enfermedad de mi madre, tengo muchas deudas.

—Yo tengo las joyas... de mamá— observó Hekla.

Drogo sonrió.

—Eso es todo cuanto tienes y el dinero que te produzcan tendrá que durar mucho tiempo. No querrás estar sin un centavo y tener que agradecerle a otros todo lo que necesites.

Drogo se detuvo un momento para sonreírle antes de continuar:

—Por lo menos, comenzarás con el pie derecho y después te casarás con alguien de tu rango.

—Yo no quiero casarme con nadie más— objetó Hekla—. Ya estoy casada... contigo.

La manera como habló hizo que Drogo se pusiera de pie, aun cuando el barco comenzaba a balancearse. Se acercó a la claraboya, miró hacia las estrellas y admiró la luna que brillaba sobre el mar.

Por la mente le pasó la idea de que aquella era su noche de bodas y que él podía tomar a Hekla entre sus brazos y amarla.

Una vez más, los dos se verían envueltos en aquel éxtasis divino.

De inmediato, se dijo que tenía que comportarse como un caballero.

Hekla era casi una niña y confiaba en él.

Y se alejó de la claraboya.

—No vamos a discutir al respecto— dijo—, eso nos haría infelices a ambos. Vamos a pasar mucho tiempo juntos en esta embarcación, y podemos hablar de otras cosas que nos interesen, pero eso es todo.

Hekla respiró profundamente y juntó las manos, mas antes de que pudiera hablar él continuó diciendo:

—Nos comportaremos como si fuéramos hermanos. Afuera del camarote, fingiremos estar casados, pero aquí tú tienes que ayudarme a hacer lo que es correcto. Eso es esencial para tú futuro.

—¿Qué quieres decir con lo correcto?

—Para empezar— espetó Drogo—, yo dormiré en el suelo.

—Eso será muy molesto.

—He dormido en lugares mucho más incómodos.

Hekla le estaba mirando con los ojos muy abiertos, y Drogo sintió impulsos de abrazarla, por lo que rápidamente dijo:

—Sabes que porque te amo no debo tocarte y necesitas ayudarme. Soy un hombre y si no me comprendes quizá cometamos un error que te perjudicará durante el resto de tu vida y que hará que me odies.

—¡Jamás haré eso!

—No puedes asegurarlo— respondió Drogo—. Por tanto, los dos debemos tratar de comportarnos de una manera civilizada y sensata.

Segundos después, agregó:

—Cuando lleguemos a Alejandría yo haré otros arreglos, pero por ahora tenemos que complacer al Capitán. De modo que necesito tu ayuda para que el viaje resulte tolerable.

—¿Quieres decir que... te vas a arrepentir de... haberme conocido?

—Esa es una de las preguntas que no debes hacerme nunca— replicó Drogo—. Recuerda que dentro de esta habitación somos dos hermanos, y aunque podemos hablar y reír, no debemos decirnos cosas íntimas.

—¿No puedo decirte que... te amo?

—¡No!

—¿No me besarás... ni siquiera para desearme... buenas noches?

—¡No!

Hubo un silencio y entonces Hekla declaró:

—Creo que hubiera sido preferible quedarme con los revolucionarios.

Por un momento Drogo sintió enojo. Pero como se dio cuenta de que ella le estaba provocando a propósito, advirtió:

—Si vuelves a decir algo similar, le explicare al Capitán que soy un amante del aire libre y que deseo dormir en la cubierta todas las noches.

Hekla lanzó una protesta.

—¡No! ¡No puedes dejarme sola! Tendría... miedo.

—Estoy seguro de que estarías a salvo— aclaró Drogo—. Pero tienes que comportarte bien. ¿Me entiendes?

—Supongo que sí.

—Eso era lo que quería escuchar. Ahora voy a buscar lo que necesites para esta noche y dejaré el resto para mañana.

Se detuvo un momento y después continuó:

—Yo saldré a ver las estrellas mientras te metes en la cama. Cuando regrese, deseo encontrarte dormida. ¿Me entiendes? ¡Dormida!

Abrió las fundas en la que sabía que Hekla había guardado su ropa de noche. Dejó las prendas sobre la cama, pensando en lo atractivas que eran y lo bien que ella las luciría.

Pronto se dijo que aquéllos no eran precisamente los pensamientos de un hermano.

—Voy a poner esto sobre una silla— indicó—. Mañana acomodaremos todo. Te concedo diez minutos.

Se detuvo un momento antes de agregar:

—Veo que tienes suerte, porque hay un baño junto al camarote. Te aseguro que es algo muy poco común. Descorrió la puerta situada junto a uno de los roperos. Allí había un baño muy pequeño, con un lavabo y lo que parecía tratarse de una ducha.

—Al Capitán McKay, ciertamente, le gusta estar como en su casa— comentó—. Tenemos suerte. Demasiada suerte.

—Yo la presentí cuando me ayudaste a bajar de la cuerda— aseguró Hekla—. ¿Te das cuenta de que si no me hubiera escapado del Palacio ahora estaría en poder de los revolucionarios o, quizás muerta?

—Ya lo había pensado— reconoció Drogo.

Hubo un breve silencio y luego Hekla habló:

—No había querido preguntártelo antes, pero... cuando interrogué a Maniu acerca de papá, él me dijo que tú me informarías de lo que... ha sucedido.

Drogo se quedó callado y después advirtió:

—Yo no quería alterarte antes de la partida.

—¿Quieres decir que Papá está muerto?

—Me temo que sí.

Pensó que la chica iba a llorar; en cambio, permaneció en silencio durante un buen rato antes de comentar:

—Creo que papá preferiría estar muerto a vivir exiliado de su propio país.

—Yo pensaría igual— convino Drogo.

—También se sentía muy mal con mi madrastra. Estoy segura de que ahora está junto a mamá y que ambos son felices nuevamente.

—Esa es la manera sensata de ver la situación— intervino Drogo—. Juntos, los dos, te cuidarán en todo momento y en cualquier parte.

—Eso es lo que yo... trataré de creer— confesó Hekla—, y tengo el presentimiento de que mamá comprende cuánto....— hizo una pausa antes de finalizar—, deseo estar contigo.

Drogo sabía que ella había estado a punto de decir «cuánto te quiero».

Le sonrió con mucha ternura y le dijo:

—Estoy seguro de que tus padres están tan orgullosos de ti como lo estoy yo. Ahora, acuéstate para descansar.

Salió del camarote y, cuando cerró la puerta, sintió como si estuviera cerrando las puertas del Paraíso.

Pero se dijo que si Hekla podía portarse bien, también podría hacerlo él. Sólo Dios sabía lo duro que iba a ser estar junto a ella y no demostrarla cuánto la amaba.

—¡La amo, la amo!— le gritó a las estrellas unos minutos más tarde, parado sobre la cubierta.

Había algo misterioso y bello en la luz de la luna. Atrás, muy lejos, podía ver las luces de Ampula y el perfil de las montañas.

Desde el mar, Kozan parecía un país salido de un sueño y eso es lo que tendría que ser para él.

Cuando regresara a Inglaterra y ya no volviera a ver a Hekla, ella sería eternamente como un sueño.

Un sueño en el cual fue dueño de la belleza y la perfección de una mujer, y tuvo que sacrificar toda aquella maravilla por sus principios.

—¿Soy un necio por no haber tomado lo que los dioses me ofrecieron?— le preguntó a la luna.

Y sintió cómo su corazón palpitaba de manera extraña y tumultuosa, y supo que se trataba de algo diferente a todo cuanto había sentido en el pasado.

Hekla era tan hermosa como las estrellas, e igualmente fuera de su alcance.

«Yo puedo mirarla, pensar en ella y amarla..., pero, pase lo que pase, ¡jamás debo hacerla mía!»

Capítulo 6

DROGO permaneció en la proa mirando la fosforescencia del agua mientras el barco navegaba por el Mar Egeo.

Aquella noche pasarían por el Bósforo y se preguntó si no cometía un error al no pedirle al Capitán que hiciera escala en Constantinopla.

Sabía de la existencia de un cable submarino, que los ingleses tendieron tiempo atrás y que atravesaba Europa, hasta Constantinopla, prolongándose por Turquía hacia el Golfo Pérsico y la India.

Sin embargo, nunca fue efectivo, por lo poco confiable de la sección turca y Drogo temía que las comunicaciones secretas que debía trasladar al Virrey y al Conde de Rosebery pudieran ser interceptadas por los rusos.

Por otra parte, en Alejandría se hallaba el cable submarino que se inauguró en 1870. Comunicaba Inglaterra con Bombay, pasando por Gibraltar, Malta, Alejandría, Suez y Adén, todas ellas posesiones británicas, por lo que era más seguro y rápido ponerse en contacto con Londres desde Alejandría, que desde Constantinopla, además, sabía que aquello le hubiera causado muchos problemas con el Capitán, que ya estaba haciendo navegar a su barco a una velocidad superior a la normal para no llegar a destiempo con su carga.

Afortunadamente, el mar se hallaba en calma y hacía poco que el Capitán McKay hizo instalar una máquina nueva en su barco.

Durante el viaje, Drogo descubrió que era un hombre muy interesante, y hubiera pasado más tiempo con él si no fuera porque quería permanecer continuamente con Hekla.

Por las noches, al acostarse con ella temprano, era cuando él podía estar a solas con el lobo de mar.

Por lo general, después de que conversaba con él durante una hora o más, bajaba en silencio hasta el camarote, esperando encontrar a Hekla dormida. Ella fingía estarlo. Cuando él se acostaba en el suelo, alterado por la anhelada proximidad de la muchacha, le resultaba muy difícil conciliar el sueño.

Asimismo, le era imposible pensar en algo más que no fuera ella.

Todo su cuerpo clamaba por Hekla; sin embargo, estaba consciente de que su afán por aquella Princesita era muy diferente al natural deseo físico de un hombre por una mujer.

Todo en la joven era lo que él siempre había admirado en una mujer y esperaba encontrar en aquella que hiciera su esposa.

Amaba ese valor que la había impulsado a escaparse del Palacio en pos de aventuras, pero que también la mantuvo calmada cuando estalló la revolución.

Hekla no había llorado al enterarse de la muerte de su padre, aunque hablaba de él con frecuencia. También se enfrentaba a un futuro incierto, en un país diferente, de una manera que Drogo hubiera admirado en cualquier hombre, mucho más en una mujer.

Además reunía muchas otras cualidades que a él se le hacían irresistibles.

Se reía con naturalidad ante cualquier cosa que considerase divertida. La belleza la emocionaba mucho y cualquier alusión acerca de un sufrimiento o infelicidad la conmovía profundamente.

La razón por la cual la Princesa era tan inocente y pura era consecuencia de que ningún hombre la había alterado emocionalmente hasta que él la conoció.

«Hekla encontrará a otro hombre más adecuado que yo, y con el que sí podrá casarse», se dijo Drogo con tristeza.

Mas si era sincero, tenía que aceptar que entre los dos existía una vibración que los enlazaba de una manera indestructible y que el Creador los había hecho el uno para el otro, sin embargo, se preguntaba qué objeto tenía pensar en eso.

Cuando llegaran a Inglaterra y la entregara a su familia, ya no merecería la pena volver a verla, no obstante, jamás podría olvidarla, como jamás olvidaría el brillo de la luna sobre el mar, tampoco olvidaría la suavidad de sus labios cuando la besó por primera vez.

Temeroso ante sus propios pensamientos, se dio la vuelta para caminar por la cubierta. Por lo general, tardaba más en regresar al camarote, donde su cama en el suelo le aguardaba.

Hekla siempre se la preparaba antes de acostarse. Por la mañana lo recogía todo para que el Capitán McKay no descubriera que él dormía en el suelo, pues aquello le haría suponer que había algo sospechoso en las relaciones entre ambos.

Hasta entonces tuvieron éxito y lograron hacerle creer que Hekla procedía de Escocia. Le habían comentado que ella había vivido durante muchos años en Inglaterra y que por eso no sabía demasiado acerca de su país de origen.

Drogo, por su parte, sí estuvo varias veces en Escocia, y presumía ante el Capitán de los salmones que había pescado y cuántas perdices había cazado.

Como se sentía feliz de tener a un escocés junto a él, McKay era quien, durante las charlas, llevaba la voz cantante.

Les contó cómo a los doce años se había embarcado por primera vez. También les describió todas sus penalidades, hasta que por fin pudo tener su propio barco.

Tales conversaciones tenían lugar durante las comidas que los tres efectuaban a solas. Les atendía un cocinero chino y para sorpresa de Drogo, el servicio, aunque no exquisito, sí era bastante aceptable.

Mientras navegaban por el Mar Rojo lograron pescar tres esturiones que fueron un agradable complemento a la comida que fuera embarcada en Kozan.

Como se alimentaba y descansaba con regularidad, Drogo ya no estaba tan delgado. Las huellas de la tensión ya habían desaparecido de su rostro y aunque él no se daba cuenta, se encontraba mucho mejor que anteriormente.

Procuraba no ver la admiración mezclada con algo más profundo que se reflejaba en los ojos de Hekla. No cabía duda de que se ponía más bonita cada día y él advirtió cómo la tripulación la miraba cuando caminaba por cubierta. Todos, desde el cocinero chino hasta el Primer Oficial, la contemplaban con deleite.

Para sorpresa de Drogo, no había ni ingleses ni escoceses a bordo.

Cuando le preguntó al Capitán la causa de ello, éste le respondió:

—Cobran demasiado. Los demás no son tan caros y no les importa recibir órdenes.

Drogo sonrió.

Dada la forma en que el Capitán daba sus órdenes, comprendió el porqué, ningún británico aceptaría su manera tan abrupta, salpicada de un lenguaje vulgar.

Mantenía a Hekla alejada del Capitán y de la tripulación el mayor tiempo posible. Y encontraron un lugar sombreado en la cubierta donde podían conversar.

Como a ella le interesaba, le narraba algunas de sus aventuras desde que salió de la India, país que parecía intrigarla. Cuando le describió la belleza de las mujeres hindúes, la magnificencia de los Palacios de los Príncipes y el ambiente espiritual de los Templos, Hekla suspiró y exclamó:

—¡Quiero ir a la India!

—Entonces, debes desear que tu esposo te pueda llevar allí de una manera oficial— repuso él.

—No tengo deseos de ir en un viaje oficial, ya he hecho todo eso en el Palacio. Yo quiero ir... contigo. Caminar por los bazares, ver a los peregrinos que se bañan en el Ganges y a los elefantes que trabajan en los bosques.

A Drogo también le hubiera gustado mucho todo eso, pero como era algo que jamás iba a suceder, cambió de tema.

—Hablemos de Inglaterra. Debo prepararte para lo que encontrarás cuando llegues a vivir en mi país.

Trató de describirle la casa familiar en la que su madre había sido criada.

Aunque él nunca había visto la mansión del Duque de Dorchester, suponía que sería parecida a la de su tío. Tendría una enorme finca y todos los que trabajaban en ella tratarían a su propietario como a un ser superior.

—Es más— manifestó—, el Duque de Dorchester es el Monarca de un pequeño Reino. Una especie de feudo dentro de otro.

—Eso es lo que mamá solía decirme— comentó Hekla—, pero yo nunca le presté mucha atención, pues jamás imaginé que iba a ir a Inglaterra.

—Pues ahora lo vas a hacer.

—¿Los demás ingleses a los que… conozca se parecerán a ti y serán como… tú?

Un leve temblor en su voz le hizo comprender a Drogo que la pregunta era peligrosa.

Y respondió:

—Para los chinos todos nosotros somos iguales.

Hekla rió y dijo:

—Si yo viera a mil hombres que se parecieran a ti, de todas maneras podría reconocerte.

—¿Cómo?— preguntó Drogo.

—Porque puedo sentirte cuando… estás cerca de mí. Aunque no te viera, sabría que estás presente.

Eso mismo sentía él, mas era algo que no deseaba discutir.

Miró hacia el mar y para cambiar nuevamente de tema, indicó:

—Hay un barco en el horizonte.

—Supongo que eso mismo están diciendo en él acerca de nosotros— dijo Hekla—. Quizá nosotros pasemos de este horizonte a otro..., y a otro, y nunca lleguemos a ninguna parte.

—Estoy seguro de que después de algún tiempo eso te resultaría muy aburrido.

Ella abrió los labios para hablar, pero los volvió a cerrar. Drogo sabía que iba a decir; «No, si estamos juntos», pues era lo mismo que él estaba pensando.

Se puso de pie.

—Me estoy entumeciendo— se quejó—. Vamos a pasear.

Fue un paseo bastante corto.

Cuando se hallaban en la popa observando el mar, Drogo descubrió que un hombre grande y moreno les miraba con interés.

Como estaba acostumbrado a hacerlo, Drogo le escudriñó sin que éste se diera cuenta. Tenía la piel y los ojos oscuros, por lo que supuso que había algo de sangre árabe en él. Miraba fijamente a Hekla, pero cuando se percató de que era observado, se dio la vuelta y se puso a acomodar una cuerda, revelando con el esfuerzo la potencia de sus músculos.

Drogo llevó a Hekla de regreso a su rincón predilecto.

Aquel día, una brisa constante refrescó ligeramente el ambiente, pero después, cuando se disponían a regresar a su camarote, Drogo advirtió que la brisa había cesado.

El aire era pesado y sofocante.

Se había desabrochado la camisa y ahora se la quitó. Pensó en darse una ducha.

Cada mañana, llenaba dos baldes con agua de mar limpia, una para Hekla y otra para él, pero a ella le resultaba difícil llenar el recipiente de la ducha con el balde sin golpearse la cabeza.

—Tú deberías hacerlo por mí— decía la muchacha.

Hekla hablaba con tanta naturalidad, que Drogo se dio cuenta de que ella no había pensado en lo que ese menester implicaba.

Por un momento, pensó en lo hermosa que sería desnuda, mientras él vertía el agua.

Haciendo un esfuerzo supremo, Drogo se obligó a pensar en otra cosa.

—Voy a tomar una ducha— indicó—, y quizá, cuando me haya refrescado pueda dormir un rato.

Al mismo tiempo, estaba pensando que una vez que atravesaran el Mar de Mármara y entraran en el Egeo navegarían directamente hacia Alejandría, acudiría a la Embajada y buscaría un barco con camarotes separados para realizar el resto del viaje hasta Inglaterra.

Sería entonces cuando comenzaría su separación y cuando llegaran a Inglaterra y Hekla se reuniera con su propia gente, él ya no volvería a verla.

Así llegó a la entrada de la escalera que conducía a los Camarotes.

Como el Capitán tenía mucha prisa por llegar a Alejandría, el barco había estado navegando a toda máquina día y noche. La mitad de la tripulación se mantenía siempre paleando carbón y no descansaría hasta que arribaran a su destino.

Cuando comenzaba a descender Hekla lanzó un grito.

Por un momento, Drogo pensó que se lo había imaginado, pero entonces la escuchó gritar una vez más, bajó corriendo e irrumpió de golpe en el camarote. La lámpara que siempre permanecía encendida hasta su llegada le permitió descubrir que Hekla estaba en la cama, debatiéndose con un hombre que se había arrojado sobre ella.

Cuando volvió a gritar, Drogo saltó de un lado a otro del camarote y sujetó al intruso utilizando sus conocimientos de las artes marciales aprendidas en Oriente. Le apartó de la cama y se dio cuenta de que se trataba del árabe que había estado observando a Hekla.

Aunque era un hombre más corpulento que él, Drogo logró arrastrarle hasta el otro lado del camarote, donde le golpeó la cabeza, no una sino tres veces contra el marco de la puerta.

El intruso lanzó un leve grito y quedó casi inconsciente y a continuación, Drogo lo arrojó al pasillo con tal violencia, que fue a caer junto a los escalones de hierro.

En seguida cerró la puerta de golpe, y después de pasar el cerrojo, corrió hacia Hekla.

Ésta temblaba y sollozaba.

El árabe le había desgarrado el camisón en uno de los hombros, por lo que uno de sus senos había quedado al descubierto.

Drogo se sentó y le pasó un brazo por encima y ella se aferró a él llorando de terror.

—¡Ya todo está bien, mi amor, ya todo está bien! Nunca más volveré a dejarte sola.

Mientras hablaba, pensó que era su culpa por no haberle recomendado que cerrara la puerta con llave cuando él estuviera ausente.

Como casi siempre estaban juntos, excepto cuando él la dejaba para que se acostara, jamás se le había ocurrido que alguno de los hombres de la tripulación pudiera atacarla.

—¡Él me... asusto mucho... oh, Drogo..., me asustó... mucho!

Hekla apenas susurraba las palabras, pero él pudo percibir el miedo en su voz.

—Ya pasó todo— la tranquilizó.

La muchacha estaba temblando, por lo que la recostó con cuidado contra las almohadas.

Sin pensárselo, Hekla le puso los brazos alrededor del cuello y le atrajo hacia sí como si tuviera miedo de que fuera a dejarla sola.

Fue entonces cuando él la besó nuevamente.

La emoción que ya sentía antes volvió a surgir dentro de él como una ola del mar. Le besó los ojos, las mejillas, la naricita recta y una vez más, los labios.

Los brazos de Hekla lo mantenían prisionero, así que Drogo no podía escapar aunque lo intentara.

Cuando dejó de temblar, Drogo advirtió que Hekla había perdido el miedo.

Fue en ese instante cuando percibió que la desnudez de su pecho estaba rozando el suave seno de la muchacha.

Hekla era parte de la luna sobre las olas y de las estrellas en el cielo.

—Te... amo. ¡Te... amo!

No estuvo cierto de si ella había pronunciado las palabras o él las recogió en su corazón.

Lo único verídico era que todo su cuerpo parecía querer explotar ante la maravilla de su amor.

Ella era de él y él era de ella, y no había manera de separarlos.

Mucho más tarde, Drogo aún sostenía a Hekla entre sus brazos y dijo:

—Mi amor... mi vida, perdóname... yo no quería que esto sucediera.

—Oh, Drogo, ¿por qué nadie me había dicho que... hacer el amor era algo tan... maravilloso?

Habló con voz tan suave que sonó como el canto de los ángeles.

—¡Ahora ya soy... tu esposa!— añadió.

—Es algo que no deberías ser— manifestó Drogo—, pero yo no podía detenerme, como no puedo detener la luna o las olas del mar.

—¿Por qué ibas a querer evitarlo?— preguntó Hekla—. Yo he sido tuya desde el momento en que me bajaste de aquella cuerda.

Drogo apartó sus cabellos de la frente y la tocó con delicadeza.

—Mi vida, mi amor… mi preciosa Princesita, esto es una locura.

—Una locura deliciosa y exquisita.

—Tengo miedo del futuro.

—Yo soy feliz en… el presente— indicó Hekla—, y el futuro quizá nunca… llegue. Tal vez el barco jamás llegue a… Alejandría, hasta es posible que nos hundamos en el camino y vivamos debajo del agua… entre los... peces.

—En este momento sólo podría pensar en vivir así, teniéndote entre mis brazos y sabiendo que eres mía dijo Drogo.

—¡Soy tuya, soy tuya, soy tuya!— gritó Hekla—, y ahora ya es demasiado tarde para que te preocupes porque yo soy una Princesa o cualquier otra tontería… por el estilo.

Drogo permaneció en silencio.

Después de un momento ella habló:

—Ahora que ya te pertenezco… ¿no estarás pensando en… anular nuestro matrimonio?

Por un momento Dorgo no respondió y la sintió temblar.

—Ya sería muy difícil, si no imposible.

Hekla lanzó una exclamación placentera.

-Entonces, puedo... quedarme contigo. Ya no podrás... alejarme, como pensabas hacerlo.

—Te das cuenta, mi amor, que si te quedas conmigo tendrás que renunciar a tu título y ya no serás una Princesa, excepto en mi corazón.

Pensó que la muchacha se iba a poner tensa ante aquella idea.

En cambio sonrió:

—¡Eso es precisamente lo que yo quiero!— exclamó—. Estar en tu corazón y estar contigo. ¿Qué importa todo lo demás?

Drogo respiró profundamente.

—No será fácil, amor mío. Ya te he dicho el problema financiero en el que me encuentro y tú nunca has sido pobre.

—Yo te cuidaré..., cocinaré para ti..., haré cualquier cosa antes que separarnos— prometió Hekla.

Habló con mucha pasión y Drogó emitió un leve gruñido.

—Te amo— dijo él cuando pudo expresarse—. Nadie podría ser más maravillosa que tú. Sin embargo, tengo miedo, mi amor.

—¿De qué?

—De que tú no sepas lo que estás haciendo y que quizás un día te arrepientas de dejarlo todo por el amor.

—¿Crees que lo haré?— preguntó Hekla—. Ahora sé que no estaba viva hasta que… te conocí. Ahora todo es diferente.

Le sonrió y continuó hablando:

—Estamos en un barco encantado, y si éste tiene que ser nuestro hogar por… el resto de… nuestras vidas, es lo suficientemente grande como para contener nuestro amor.

—¡Mi amor!— exclamó Drogo y comenzó a besarla una vez más.

Mientras lo hacía, sabía que estaba tocando las estrellas y que nadie podía impedirle conocer el Paraíso.

* * *

El sol del amanecer ya entraba por la claraboya cuando ellos pudieron hablar nuevamente.

—Intenta dormir, mi amor— dijo Drogo.

—Me siento demasiado feliz como para poder hacerlo— repuso Hekla. Desde que estamos aquí, noche a noche estuve anhelando que tú estuvieras… cerca de mí, como lo estás ahora.

—Como lo deseaba yo también— aseguró Drogo—. No obstante, estaba tratando de hacer lo que era lo correcto, y, ahora ¡mira lo qué ha ocurrido!

—Lo que ha ocurrido es que estalló una... revolución en nuestros corazones— objetó Hekla—. Una revolución de amor, y ya no podemos... hacer retroceder el reloj. Así que ahora tenemos que empezar una nueva vida, te guste o no.

—Me gusta mucho— expresó Drogo—, quizá demasiado, y me avergüenzo de mí mismo por no haber tenido más dominio, pero, ¿quién puede luchar contra el corazón cuando éste te contiene a ti?

—Esas son las palabras que he deseado escuchar de tus labios— respondió Hekla—, y odiaba tener que fingir que eras mi hermano.

—Tú no eres en lo más mínimo como mi hermana— protestó Drogo.

Su mano se deslizaba con suavidad sobre el cuerpo de Hekla.

De pronto, la besó el cuello y dijo:

—Debo dejar que duermas.

—Tenemos muchos, muchos años... para dormir— refutó Hekla—, ahora ya estamos casados... y es nuestra luna de miel, por lo que quiero que me ames y sigas amándome. ¿Por qué íbamos a pensar en otra cosa?

—¿Por qué?— murmuró Drogo.

—Y las estrellas se convirtieron en llamas que los elevaron hasta el cielo.

* * *

El sol ya remontaba el horizonte cuando se levantaron.

—Nos perdimos el desayuno— dijo Drogo—. Supongo que el único que se habrá dado cuenta es el cocinero chino.

—Pronto será la hora del almuerzo— observó Hekla—, pero antes quiero tomar una ducha. Ahora ya puedes echar el agua para mí, como siempre lo había deseado.

Drogo rió.

—Traté de no pensar en eso después de que tú lo mencionaras.

—Pues piénsalo ahora y... hazlo— dijo Hekla en tono provocativo.

Hekla era aún más bella de lo que él se la había imaginado.

La besó cuando todavía estaba mojada y la secó con las modestas toallas que les había proporcionado el Capitán. Cuando regresaron al camarote, él la abrazó y ella murmuró:

—¿Nos olvidamos del almuerzo?

Haciendo un esfuerzo, Drogo la apartó de sí.

—Yo te amo y te adoro, pero no quiero que ninguno de los dos pase hambre. Vístete y después de que hayamos almorzado regresaremos a descansar aquí, en lugar de sentarnos en cubierta.

—Eso será maravilloso. No perdamos mucho tiempo comiendo.

Drogo la estrechó en sus brazos.

—Eres adorable y demasiado deseable para un hombre.

—El hombre más maravilloso del mundo— dijo Hekla, acariciándole la mejilla con una mano—. ¿Cómo pude encontrarte?

—Yo pensé que tú eras un regalo de los dioses— le aseguró Drogo—. Mas cuando supe quién eras, supuse que te tratabas de un regalo similar a una tortura.

—¿Y... ahora?— preguntó Hekla.

—Es tan maravilloso, que no puedo creer que sea verdad.

Ella se apretó contra él.

—Yo haré que lo creas. Nunca permitiré que... te arrepientas de haberte casado conmigo.

—Eso mismo digo yo, amor mío.

Más tarde, cuando Hekla se había quedado dormida, Drogo contempló el mar a través de la claraboya y pensó en el futuro.

Se preguntó si habría alguna manera de que él pudiera hacer dinero fuera del Ejército.

Ahora que Hekla era su esposa, ya no podría continuar arriesgando su vida como lo hiciera durante los últimos años.

Sabía que cuando presentara su renuncia ante el Virrey, iba a causarle una gran consternación, sin embargo, era algo ineludible.

Si a él lo mataban, Hekla no sólo se encontraría desamparada, sino que, como ya habría renunciado a su Título y no tendría ninguna influencia social.

«Tengo que recompensarla por todo cuanto deja», pensó.

Sentía que, de alguna manera y al amarla, se había traicionado a sí mismo y a sus principios de caballerosidad.

Cuando la miró acostada junto a él, comprendió que nada más importaba, excepto el amor entre los dos.

Estaba tan bella, que podía haber sido una diosa bajada del Olimpo o un ángel caído del cielo.

Sus pestañas resaltaban sobre las mejillas y los cabellos cubrían sus hombros desnudos.

Había retirado a un lado las sábanas y yacía desnuda, por un momento, Drogo se sintió alterado espiritualmente.

Su percepción de la belleza de Hekla era tan definida que casi le causaba dolor.

Comprendía que tenía que protegerla como si fuera un tesoro inestimable y que nada supondría demasiado sacrificio para lograrlo.

—Te amo— dijo en voz muy baja— y te adoraré hasta la Eternidad.

Capítulo 7

—ESTA es la… última noche— comentó Hekla.

Drogo la abrazó.

—Pero hay un mañana— repuso.

—Tengo miedo de ese mañana.

Drogo no preguntó por qué, pues conocía la respuesta. Los últimos días habían vivido en un Paraíso perfecto.

Era insoportable el pensar que tenía que terminar, sabía que al día siguiente cuando el barco atracara, ambos tendrían que regresar no sólo a la civilización, sino también a la realidad.

—Yo quiero… quedarme… aquí— le estaba diciendo Hekla—, en este pequeño camarote sola contigo… y no pensar en lo que va a ocurrir cuando lo… abandonemos.

—Te prometo que todo saldrá bien— la animó Drogo—. Estoy seguro de que con la ayuda de Dios, venceremos todos los obstáculos y siempre seremos tan felices como lo somos ahora.

—Soy muy feliz… porque cada día te amo más— susurró Hekla.

Drogo sabía que haber enseñado a Hekla a hacer el amor fue la cosa más emocionante y maravillosa que le había ocurrido a él en toda su vida.

Cada vez que la poseía, se acercaban más y más, no sólo en sus cuerpos sino también a través de sus almas.

—¡Yo te adoro!— exclamó Drogo—. Nadie podría ser más perfecta. Nunca te voy a perder y prométeme que nada más tendrá importancia.

—¡Nada!— afirmó Hekla—, aunque tengamos que pasar calamidades estaremos juntos…y yo no tendré miedo.

Drogo la besó y las dos se vieron envueltos una vez más en la magia y el esplendor de su amor.

Cuando al fin se quedaron dormidos, Hekla estaba entre sus brazos, con la mejilla sobre su pecho.

* * *

Drogo se despertó cuando el barco estaba entrando en el puerto de Alejandría.

La noche anterior dejaron descorridas las cortinas para poder contemplar las estrellas y ahora pudo ver los edificios de los muelles y otros barcos.

Con mucho cuidado, se levantó, consciente de lo muy bella que su esposa se veía a la luz del amanecer, sintió deseos de despertarla con sus besos, pero pensó que seguramente estaba cansada como consecuencia de aquella larga noche de amor.

Hekla era tan fascinante, que a él le parecía una flor de loto, el emblema de la vida que se abre al sol.

Juró por todo lo que le era sagrado que cuidaría de ella hasta el fin de sus días.

Ya no podrían escapar uno del otro, porque ése era su destino, y se dijo que, si era posible, ella nunca se arrepentiría.

Entró en el baño y se echó un balde de agua encima. Cuando regresó al Camarote, Helda aún seguía dormida, abrió el armario y se vistió con la ropa de su primo.

Escogió unos pantalones blancos, al igual que la camisa y la corbata de su Regimiento.

Tenía la intención de ponerse la chaqueta marinera de su primo con los botones de bronce, antes de bajar a tierra. Sabía que aquello le haría parecer un inglés.

Cuando terminó de vestirse, el barco ya había atracado y escuchó cómo bajaban la pasarela.

Eso significaba que los oficiales de la Aduana subirían a bordo para inspeccionar los papeles del Capitán McKay, después, descargarían con rapidez.

Dado lo temprano de la hora, no había mucha gente en los muelles, excepto algunos marineros.

Drogo sabía que pronto aparecerían vendedores de todo tipo. Algunos desocupados ayudaban a amarrar el barco, quizá con la esperanza de que el Capitán los contratara para bajar la carga.

De pronto, observó a dos hombres que estaban parados a la sombra de un almacén.

Parecían ser simples curiosos contemplando las maniobras del barco, pero algo de ellos atrajo la atención de Drogo.

Los miró una y otra vez.

Su instinto, desarrollado al máximo durante sus experiencias en Afganistán y Rusia, le advirtió que eran peligrosos.

No existía ninguna base para asegurarlo, sin embargo, él sabía que así era.

Con la pericia de un hombre cuya habilidad para decidir le había salvado la vida muchas veces, inmediatamente supo qué hacer.

Se acercó a la cama y despertó a Hekla con un beso. Cuando sus labios mantuvieron cautivos los de ella, Hekla emitió un murmullo de placer y aunque sus ojos no estaban abiertos, sus brazos se extendieron para envolverle.

—Despierta, mi amor.

Transcurrió un largo momento antes de que ella abriera los ojos. Entonces, Drogo dijo:

—Escucha mi bien. Yo tengo que ir al puente para ver al Capitán y a los oficiales de Aduanas, que acaban de subir a bordo. Quiero que cierres la puerta con llave cuando yo salga y que no la abras a nadie. ¿Me entiendes?

Hekla abrió mucho los ojos.

—¿Qué… sucede? ¿Qué. esta pasando?— preguntó con voz asustada.

—No pasa nada— aseguró Drogo.

—Piensas que ese… árabe…

—¡No, no! ¡Por supuesto que no!— intervino él de inmediato—, se trata de algo muy diferente y quiero que hagas lo que te digo.

—¿No tardarás... mucho?

—Sólo unos minutos.

Tomó la chaqueta marinera y se la puso.

—Ahora se te ve muy elegante y muy... buen mozo— comentó Hekla.

—Quiero que tú también te veas así— señaló Drogo—. Levántate y ponte uno de tus vestidos más bonitos.

—¿Para impresionar a quién?— preguntó Hekla.

—Principalmente, a mí— respondió Drogo—. Ahora voy a tener el placer de presentar a mi esposa al mundo entero.

Hekla rió.

—Me voy a asegurar de que no te avergüences de mí.

La ayudó a levantarse y, como estaba tan atractiva, Drogo tuvo que vencerse a sí mismo, para poder separarse de ella.

—Cierra bien la puerta— insistió cuando la abrió.

Como si supiera lo que él estaba sintiendo, Hekla dijo de manera seductora:

—¿No te gustaría darme un beso... de despedida?

El sol que entraba por la claraboya la mostraba tan exquisita que Drogo no se atrevió a hacerlo.

—Te besaré cuando regrese— prometió—. Cierra bien la puerta cuando yo salga.

Esperó hasta escuchar cómo la llave daba la vuelta en la cerradura y después corrió hacia el puente.

Tal y como lo anticipara, allí se encontraba el Capitán McKay junto a dos oficiales que estaban examinando sus papeles.

Con alivio, Drogo advirtió que uno de ellos era inglés.

Napoleón había llamado a Egipto "*el país más importante*", y Drogo se había dado cuenta de que para los británicos tenía una fascinación casi patológica.

Para los ingleses, ese mágico país era como una puerta hacia la ruta a la India.

Egipto no formaba parte del Imperio, pero cada año la influencia británica iba en aumento en aquel país.

Cuando llegó al puente, el oficial de Aduanas levantó la vista, sorprendido.

—Buenos días, Capitán— saludó Drogo—. Le agradeceré si me presenta a este caballero, pues tengo algo importante que decirle.

Hubo un momento de silencio mientras el Capitán miraba a Drogo recelosamente, y tras unos instantes de indecisión, dijo:

—Este es el Señor Forde, que ha viajado en mi barco desde Ampula.

Drogo extendió la mano.

—Mucho gusto— le dijo al oficial de Aduanas, y también estrechó la mano del egipcio que lo acompañaba.

—Me llamo Smithson— se presentó el oficial—, y veo que han tenido un viaje agradable.

—Así fue. ¿Podría hablar con usted en privado?

El oficial enarcó las cejas, pero siguió a Drogo a la cubierta.

Hablando con voz baja, pero autoritaria, Drogo explicó:

—Vengo en una misión militar de mucha importancia y deseo que mi esposa y yo seamos llevados a la Embajada Británica con una escolta armada.

El oficial mostró su sorpresa:

—¿Una escolta?

—¿Ha llegado aquí recientemente algún barco ruso procedente de Kozan?

El oficial pensó durante un momento y después respondió:

—Creo que un destructor ruso entró ayer en el puerto.

—Eso es lo que sospechaba— dijo Drogo.

Sabía que cualquiera de los destructores que había visto en la bahía de Ambula podría llegar a Alejandría con anterioridad al barco de McKay.

—Quiere usted decir— murmuró Smithson—, que los rusos…

—Comprenderá que es algo que no puedo discutir interrumpió Drogo—, pero necesito un carruaje y una escolta armada.

Imaginaba que la manera cómo le estaba hablando iba a hacer que el oficial de Aduanas obedeciera sus órdenes en lugar de ponerlas en entredicho. Todos los militares británicos conocían la amenaza que significaba Rusia.

—Me ocuparé de ello cuanto antes— ofreció el oficial con tono respetuoso.

—Le estoy muy agradecido— respondió Drogo—. Mi esposa y yo permaneceremos a bordo hasta que llegue la escolta.

Smithson regresó al puente, le devolvió los papeles al Capitán y autorizó que el barco fuera descargado. Luego, bajó a tierra, moviéndose a toda prisa.

—¿Qué se trae usted entre manos ahora?— le preguntó el Capitán McKay a Drogo cuando estuvieron a solas.

—Me estoy asegurando de que mi esposa y yo lleguemos a salvo a la embajada británica— indicó Drogo.

El Capitán frunció el ceño.

—¿Tiene usted alguna razón para pensar que no sería así?

Drogo asintió.

—Allí, en el muelle, hay dos hombres, pero no mire hacía ellos hasta que yo salga del puente— dijo Drogo.

—¿Y quiénes son?— preguntó el Capitán.

—Rusos— aseguró Drogo.

—¡Malditos sean!— exclamó el Capitán—. Ninguno de ellos subirá jamás a mi barco.

—Asegúrese de eso— recomendó Drogo—. Usted nos disculpará si mi esposa y yo desayunamos en nuestro camarote.

—Sí, eso será muy prudente— estuvo de acuerdo el Capitán.

—Estaba seguro de que usted comprendería— apuntó Drogo—, y nunca podré agradecerle lo suficiente el que me haya sacado de Ampula cuando se lo pedí.

Aquello era cierto, aunque el Capitán McKay había obtenido un pago excesivo por el servicio.

Drogo abandonó el puente.

—Voy a la cocina— dijo y marchó a comunicarle al cocinero chino que Hekla y él tomarían el desayuno en su camarote.

—Yo lo llevaré— ofreció el chino con su voz cantarina.

Drogo regresó junto a Hekla.

Ella abrió la puerta cuando él se identificó. La envolvió en sus brazos y dijo:

—Tuve mucho miedo. Mucho miedo de que algo saliera mal. Dime que es lo que... está pasando. Debo saberlo.

—No hay nada malo— habló Drogo con calma—. Sólo me estoy asegurando de que siga siendo así. Siempre es mejor estar preparados.

—¿Preparados contra qué?

Como Drogo no la respondió, se apretó más contra él y preguntó:

—¿Será que los... marchistas rojos están tratando de... hacerme regresar?

—No, amor mío— repuso Drogo—. No es a ti a quienes buscan los rusos, sino a mí.

—¡Los rusos!— exclamó Hekla con terror en la voz.

—Todo está bien— musitó Drogo, tratando de calmarla—. He pedido una escolta armada de soldados ingleses y te aseguro que aquí inspiran mucho respeto.

—¿Qué te hizo suponer que los rusos te están buscando aquí?

—Quizá me equivoque— dijo Drogo—. pero hay dos sujetos de aspecto bastante desagradable en el muelle y ya averigüé que un destructor ruso llegó ayer, procedente de Kozan.

Hekla respiró hondo.

—Tienes que tener mucho... cuidado. ¡Si algo te pasa, yo preferiría morir!

—Ya tomé mis precauciones— le aseguró—, así que termina de vestirte, mi amor, y tan pronto como llegue el carruaje podremos bajar a tierra.

Tomaron el desayuno que Chang les sirvió y después Drogo ayudó a Hekla a terminar de arreglarse.

Le abotonó un precioso vestido que era demasiado elegante como para haberlo utilizado mientras navegaban.

La joven se volvió para mostrarle lo bien que le quedaba, y de repente, se quedó inmóvil y dijo muy consternada:

—Acabo de darme cuenta de que no tengo ningún sombrero.

Drogo pensó por un momento.

—Estoy seguro de que tendrás algo con que puedas cubrir tu cabeza— comentó.

—Por supuesto— dijo Hekla—. Tengo la faja de mi vestido azul.

La sacó y Drogo vio que se trataba de una larga cinta de seda.

Con mucho cuidado, se la puso sobre la cabeza y envolvió los extremos alrededor del cuello. Esto la dio un aspecto un tanto oriental, pero a la vez la hacía más bella.

Pasó bastante tiempo antes de que Drogo recogiera sus pertenencias, se acomodó su revólver en el bolsillo de la chaqueta y se acercó a la claraboya para mirar hacia afuera. Para entonces, el muelle ya estaba pletórico.

Una gran cantidad de madera había sido desembarcada y los vendedores egipcios pululaban por las cercanías del barco.

Aparecieron mendigos, niños y gente que aparentemente no tenía nada que hacer.

Los dos rusos seguían en el mismo lugar.

Mientras los observaba, Drogo advirtió que la multitud se hacía a un lado, por cuanto se acercaba un carruaje que, por su elegancia, con seguridad que pertenecía a la embajada británica.

No se equivocó en su suposición.

Un soldado inglés lo conducía y otro se hallaba situado a su lado.

Detrás marchaban otros dos soldados a caballo, cuando Chang les sirvió el desayuno, Drogo le había dicho:

—Cuando bajemos a tierra, ¿sería usted tan amable de bajar nuestro equipaje?

Chang estuvo de acuerdo y cuando llegó al camarote para anunciarles que el carruaje les estaba esperando. Drogo le señaló las tres fundas que contenían todas sus pertenencias.

Chang las trasladó al carruaje y Drogo le obsequió con una propina muy generosa.

El Capitán McKay los estaba esperando en la cubierta.

—Me abandonan de una manera muy elegante comentó con cinismo.

Drogo sonrió.

—Pues gracias a usted todavía no estamos escondidos en Ampula.

—Yo quizá tenga que regresar— dijo el Capitán.

Drogo le dio las gracias una vez más y Hekla le dijo:

—Fuimos muy felices en su precioso camarote. Espero que alguna vez se acuerde de nosotros, como nosotros nos acordaremos de usted.

Fueron unas palabras muy bonitas y Drogo se dio cuenta de que el Capitán se había emocionado.

Cuando Drogo bajó por la pasarela llevaba la mano derecha en el bolsillo y el dedo sobre el gatillo.

Subieron al carruaje. Los dos soldados a caballo se situaron a ambos lados cuando los equinos se pusieron en marcha.

Al pasar cerca de los dos rusos, Drogo pretendió no mirarlos. Estaba seguro que sus instrucciones eran apoderarse de él y llevarlo al destructor para interrogarlo.

Si lo hubieran logrado, sin duda que él hubiera sufrido un «accidente» y desaparecido para siempre.

Cuando llegaron a la calle principal, una vez lejos del muelle, los caballos avanzaron con mayor velocidad.

Llegaron a la embajada, que era un edificio grande e impresionante, sobre el cual ondeaba la bandera inglesa.

Drogo suponía que el Embajador estaría en el Cairo, sin embargo, le informaron que se encontraba en aquella legación.

Un sirviente les preguntó si deseaban café turco o inglés, pero antes de que Drogo pudiera contestar un ayudante apareció para comunicarle que el Embajador le recibiría inmediatamente.

—¿Sería usted tan amable de atender a mi esposa mientras yo estoy con el Embajador?— le preguntó Drogo al ayudante—. Por razones que no necesito explicarle, mientras yo hablo con Su Excelencia, es conveniente que ella no se quede sola.

El ayudante abrió los ojos por la sorpresa y dijo:

—Comprendo, señor. ¿Quiere acompañarme ahora?

Unos pocos pasos más adelante, abrió una puerta y anunció:

—El señor Forde, Excelencia.

Y cuando Drogo entró en el despacho escuchó cómo el ayudante regresaba junto a Hekla.

El Embajador se encontraba sentado frente a su escritorio y se puso de pie ante la presencia de Drogo.

—Estoy encantado de verle, Forde— saludó—. Es más, yo lo había estado buscando, porque…

—Discúlpeme, Excelencia— lo interrumpió Drogo—, pero es de suma urgencia que envíe de inmediato un mensaje al Virrey.

Éste ya se ha demorado demasiado y no necesito explicarle que cada minuto puede significar la muerte de un buen número de hombres.

Cuando Drogo terminó de hablar, el Embajador entró en acción con la rapidez de un hombre que está acostumbrado a las emergencias.

Hizo sonar una campanilla que tenía sobre el escritorio y al mismo tiempo dijo:

Supongo que precisará la clave A.

Él sabía que aquélla se trataba de la clave que sólo era utilizada por el Secretario del Exterior, el Virrey y los Jefes de Grupos.

De modo que asintió.

Sí, Excelencia, por favor.

El Embajador abrió un cajón de su mesa, sacó un pequeño cuaderno y se lo entregó.

En ese momento, un oficial hizo acto de presencia en la habitación.

—¿Llamó usted, Excelencia?

Lleve de inmediato al señor Forde al cuarto de la telegrafía y cuide de que sea atendido exclusivamente por Darwin.

Drogo siguió al oficial a lo largo de un pasillo que llevaba a otra estancia donde dos centinelas guardaban la puerta.

Le llevó casi media hora poner en clave el mensaje al Virrey y en el cual le comunicaba todo lo que había descubierto durante su estancia en Afganistán.

Cuando terminó, sintió como si le hubieran quitado un gran peso de encima.

Ahora sólo le quedaba esperar que su informe al Virrey llegara a tiempo para evitar lo que podría ser un desastre en la frontera noroeste.

Le había llevado siete meses la investigación y estuvo a punto de perder la vida en muchas ocasiones, pero ahora, cuando pensaba en Hekla, sabía que todo aquello había valido la pena.

Se puso de pie y tomó el cuaderno de claves que muy pocos hombres habían podido ver.

La puerta se abrió y el oficial que le condujo hasta allí, entró en la sala.

—¿Ha terminado usted?— preguntó.

—Sí, por el momento— respondió Drogo.

—Quiero decirle lo mucho que admiro su trabajo le dijo el oficial—. Tengo alguna idea de lo que ha estado haciendo, pues hubo mucho alboroto cuando no pudimos ponernos en contacto con usted.

Drogo pareció sorprendido.

—¿Ustedes trataron de ponerse en contacto conmigo?— preguntó—. ¿Por qué?

—Su Excelencia se lo explicará— respondió el oficial—, tengo entendido que ha llevado a su esposa al salón y que ordenó champán para la comida.

Supongo que usted, o nosotros, tenemos mucho que celebrar.

Drogo rió.

—Me pregunto por qué los ingleses siempre necesitan un pretexto para beber champán.

El oficial, por toda respuesta, también se echó a reír y condujo a Drogo hasta el salón muy elegante, con ventanas que daban a un jardín lleno de flores.

Allí pudo ver que Hekla se había quitado la faja de la cabeza y que estaba sentada en un sofá, conversando con el Embajador.

Cuando entró Drogo, se incorporó y corrió hacia él.

—Tardaste mucho— dijo—. Estaba… preocupada.

—Todo está bien, mi amor.

Entonces, miró al Embajador.

—Le estoy muy agradecido a su Excelencia por su ayuda.

—Su esposa me ha estado contando que se casaron en Ampula y pensé que deberíamos celebrar su matrimonio durante la comida. Aunque estoy seguro de que usted gustaría de una copa de champán ahora.

—Gracias— dijo Drogo.

Y se preguntó si Hekla le habría informado al Embajador de quién se trataba ella, mas pensó que era muy poco probable.

—Debo decirle que hemos estado tratando de localizarle a usted durante los últimos dos meses.

Drogo pareció sorprendido.

Después repitió:

—¿Durante los últimos dos meses…? ¿Por qué?

—Espero que esto no sea demasiado cruel para usted.

Drogo permaneció inmóvil.

Sintió que Hekla cogía su mano en la de él y comprendió que tenía miedo. El Embajador prosiguió:

—El Secretario del Exterior pidió a todas las Embajadas de esta parte del mundo que si se ponían en contacto con usted, le informaran que le necesitaban de inmediato en Londres.

Drogo le miró sorprendido.

—¿Y para qué?

—Su primo, el Conde, murió durante una escaramuza en el Sudán.

Drogo permaneció quieto, pero respiró profundamente.

—Su tío, el Marqués, sufrió un ataque al corazón cuando se enteró de la noticia, y el Secretario de Estado pensó que usted debería regresar, ya que los médicos le informaron que no podría salvar la vida.

El Embajador hizo una pausa antes de continuar:

—Desgraciadamente, no pudimos entablar comunicación con usted, y su tío murió hace tres semanas.

Por el momento, Drogo no pudo decir nada. Sólo podía pensar que ni en sus sueños más atrevidos había imaginado, que su tío y su primo morirían y que su vida cambiaría por completo ante esas pérdidas.

Ahora se dio cuenta de que Hekla le miraba con ansiedad y que el Embajador se sentía un tanto apenado por las noticias que le acababa de comunicar.

—¡Ciertamente, es una sorpresa, Excelencia!— logró decir Drogo con voz grave, pero calmada.

—¿No estás... triste?

La pregunta de Hekla había sido casi un murmullo, mas él la escuchó y se volvió para mirar a su esposa.

Sabía que a decir verdad, no se sentía ni mucho menos un hombre infeliz.

Sólo le parecía increíble saber que de ser un soldado sin un centavo y con muchas deudas, ahora se había convertido en un noble muy importante, dueño de una gran fortuna.

También comprendía que Hekla era algo que tampoco nunca había esperado.

Se trataba de un regalo de los dioses y aquella noticia también iba a cambiar su vida.

Era muy diferente que una Princesa se hubiera casado con un plebeyo, a que lo hiciera con el Marqués de Baronforde.

Sería la señora de una de las mejores casas de campo de Inglaterra y dama de honor hereditaria de la

Reina, mientras que él también ocuparía importantes puestos en la Corte.

Drogo sintió deseos de gritar y anunciarles a todos su felicidad, mas su autodominio de muchos años le obligó a decir:

—Su Excelencia, ciertamente, me ha traído noticias muy graves. Como usted comprenderá, mi esposa y yo debemos regresar de inmediato a Inglaterra para hacernos cargo de la situación.

El Embajador parecía aliviado.

Enseguida, Drogo le dijo:

—También yo tengo una sorpresa para usted. Mi esposa, con quien me casé en Ampula, es Su Alteza Real, la Princesa Hekla de Kozan.

Observó que el Embajador se quedaba con la boca abierta y continuó:

—Su vida se encontraba en peligro y como Su Excelencia sabe, los revolucionarios asesinaron a su padre, el Rey. La única manera como yo podía sacar a la Princesa de allí era haciéndola viajar como mi esposa.

Hizo una pausa para mirar a Hekla antes de continuar:

—Nos casamos, aun cuando ella sabía que al llegar a Inglaterra era posible que tuviera que renunciar a su Título.

—Nos enamoramos— interrumpió Hekla—, así que le aseguro a Su Excelencia que eso no hubiera sido ningún sacrificio. Lo único que me interesa es ser la esposa de Drogo.

Al Embajador sólo le llevó un segundo comprender cuál era la situación.

—Pero ahora es usted también la Marquesa de Baronforde— dijo—, y presiento que, por tal motivo, ya no tendrá que renunciar a su Título ni a su posición en la Corte.

—Eso mismo pensé yo— indicó Drogo—, y me hace muy feliz el que Su Excelencia me lo confirme.

—En realidad, me siento un tanto confundido— dijo el Embajador—. Quiero que me hable de sus experiencias en Afganistán, pero a la vez deseo saber, cómo logró salvar a la Princesa de los marchistas rojos.

Se volvió para mirar a Hekla y después continuó:

—Hace veinticuatro horas me informaron que estaban proclamando que habían dado muerte a toda la familia real.

—Tuvimos mucha suerte— respondió Drogo.

¿Cómo iba a imaginarse, cuando llegó a Ampula agotado, sobre un caballo herido y con los rusos siguiéndole los pasos, que viviría para contar aquello que era de tanta importancia?

Ahora ya no tendría que mantener una lucha contra la pobreza, ni existiría crítica alguna por parte de quienes pensaran que él no tenía derecho a casarse con Hekla.

Tampoco habría resentimiento por tener que dejar aquella vida de peligros, ahora podría servir a su país, de muchas otras formas, como el Marqués de Baronforde, y sabía que nunca se negaría a ayudar a un pariente pobre, como lo había hecho su tío.

—Debemos ir a casa lo más pronto posible— dijo Drogo, hablándole a Hekla—. Tenemos mucho qué hacer.

Ella sonrió y el Embajador intervino:

—Por supuesto que lo entiendo. Afortunadamente, hay un barco que llega mañana por la mañana. Yo me ocuparé de que les reserven el camarote nupcial. Llegarán a Tilbury a final de semana, entrante esta noche permanecerán aquí.

—Gracias— contestó Drogo—, yo sé que aquí no sólo estaremos cómodos, sino también a salvo.

—Naturalmente— confirmó el Embajador—. Si me disculpan un momento, debo comunicar al Secretario del Exterior que le hemos encontrado, y que haga los arreglos necesarios para recibirles a su llegada.

—Eso es muy amable por su parte— agradeció Drogo.

El Embajador salió del salón y cuando la puerta se cerró, Hekla lanzó una exclamación de placer.

—¡Has vencido! ¡Has vencido… una vez más! Me salvaste y como eres tan importante, ya no tendrás que esconderme…, ni sentirte avergonzado… de mí.

Drogo rió.

—Mi amor..., hubieras sido tú quien se hubiera tenido que sentir avergonzada de mi precaria situación.

—¿Cómo hubiese podido ser eso si tú eres tan maravilloso?— preguntó Hekla.

Drogo la abrazó.

—Te amo tanto..., mi amor, que estaba dispuesto a hacer cualquier cosa para no perderte— comentó Drogo—. Pero siempre hubiera temido que tú te arrepintieras de ser simplemente la esposa de un soldado pobre.

—¿Eso que hubiera importado si yo... estaba contigo?— objetó Hekla con pasión—. Yo te amo, te quiero..., y lo único que deseo es que me beses y me sigas amando para siempre...

—Lo haré— prometió Drogo—, mas también hay otras responsabilidades, y la más importante, mi amor, es tener una familia para que llene mi gran casa y para que seamos tan felices como lo fueron tus padres.

Hekla sintió que se sonrojaba y él prosiguió diciendo:

—Nuestras hijas tendrán que ser tan bellas como tú...

—Y nuestros hijos no sólo tan guapos como tú, sino también tan bondadosos, gentiles y a la vez, tan valientes... como su padre.

Drogo comenzó a besarla hasta que sintió que el sol le estaba quemando los labios.

—Me gustaría— dijo ella— que estuviéramos otra vez en nuestro camarote escocés..., a solas.

—Estaremos solos los próximos diez días— le prometió Drogo—, y después de eso, pase lo que pase, siempre nos acostaremos juntos y yo ya no tendré que dormir en el suelo, mi amor.

Hekla rió.

—Nadie va a creer que hiciste eso, pero yo nunca lo voy a decir, porque supondría que no te gustaba..., lo suficiente.

—¡Me gustabas tanto, que me era imposible dormir! ¡Imposible pensar en otra cosa que no fueras tú!

Drogo suspiró.

—Yo creía que tú eras como una estrella, cautivadora y muy deseable, pero fuera de mi alcance.

—¿Y ahora?— preguntó Hekla.

—¡Ahora eres mía, mía por completo! Pase lo que pase, jamás te voy a perder.

La volvió a besar antes de decir:

—¡Eres mía y Dios sabe que te amo más de lo que yo pensaba que era posible amar a alguien! Pero esto es sólo el principio. Tenemos todas nuestras vidas por delante, mi amor. Será muy diferente a cualquier cosa que hayamos hecho antes, pero será absorbente.

—Tanto como la primera vez que me amaste— murmuró Hekla—, y que fue como una... revolución de amor.

—Una revolución maravillosa que jamás olvidaré— dijo Drogo.

Hekla le envolvió con sus brazos y le cubrió la boca con la suya.

Habían sufrido mucho para encontrarse el uno al otro, ahora estaban juntos, y su amor, que brillaba como una antorcha, les guiaría hacia un futuro que sería bendito por Dios, como ellos ya habían sido bendecidos por Él.

—¡Te amo..., te amo!

Sus palabras resonaban en el corazón de Drogo y escuchó a Hekla que murmuraba:

—¡Te amo...! ¡Oh... Drogo, cuánto te amo!

Made in the USA
Middletown, DE
27 November 2022

Made in the USA
Middletown, DE
25 October 2020

22745506R00097